特色小吃

羊肉饸饹

羊肉胡饽

制作羊肉饸饹

酸羊肉

甜羊肉

小菜

猪肉臊子馄饨

馄饨

花椒

枣祃瑚馍

苦蓿

甜蓿

文化古迹

司马迁铸像

华池

司马迁墓

谭法塔

东王家庄塔

巍山后土祠遗址

普照寺

西庄法王庙献殿

东营庙大门

龙门

昔日龙门大禹庙

毓秀桥牌坊原面北牌匾题词（刘荫枢 题书）

状元府将军楼

王杰画像

王杰故居

松鹤图

南关石牌坊残件

师彦公捐银碑

王杰捐银碑

乾隆皇帝赠王杰寿匾

嘉庆皇帝赠王杰寿匾

嘉庆皇帝赠王杰寿诗匾

吉鸿昌赠老祖祠牌匾

非遗文化

背芯子

城北村龙凤旗

韩城行鼓

韩城唱秧歌

香包

儿童裹肚

家中置艾

银项圈

银项链

串串子

风景名胜

薛峰水库

象山

韩城门

太史大街

毓秀桥

古城大街

古城集市

银河大酒店

五勇坡

陶渠村

王封古寨

东彭村潦池

河渎村子夏祠

厚甫亭

“夏阳旧址”刻石（现藏堡安村）

兴建禹甸园碑记

行鼓雕塑

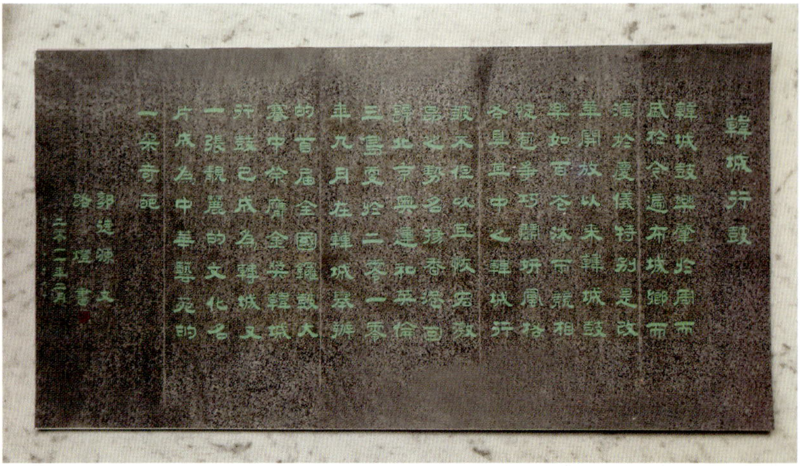

韩原行鼓碑

永泰桥碑

学巷小学百年纪念碑

禹甸园诗碑局部

状元街东牌坊

徐村法王行宫牌坊

古城西街口牌坊

龙门隧道对联

北营庙街面房对联

金城大街学巷口以北商铺对联

图书典籍

《韩城县志》封面

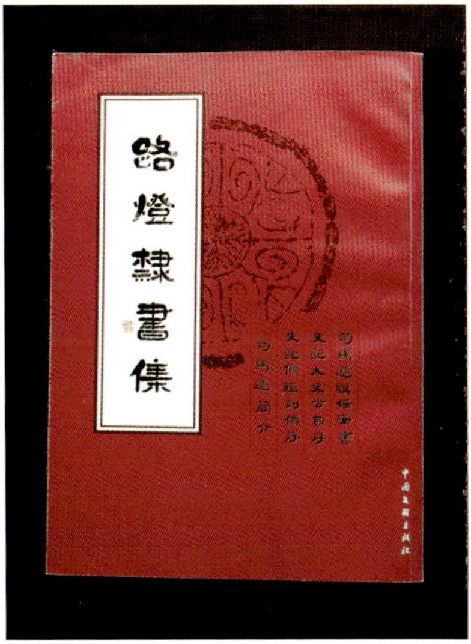

《路灯隶书集》封面

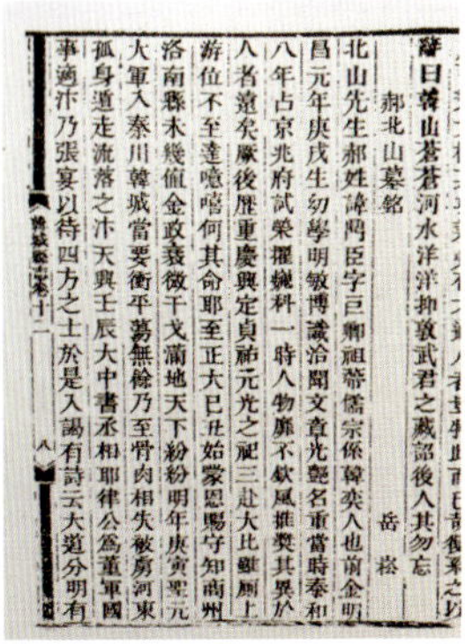
辭曰韓山蒼蒼河水洋洋抑敦武君之藏鄙後人其勿忘
郝北山墓銘 岳崧
北山先生郝姓諱鼎臣字巨卿祖帝儒宗係韓奕人也前金明
昌元年庚戌生幼學明敏博識洽聞文章光艷名重當時泰和
八年占京兆府試榮擢魁科一時人物靡不欽風推獎其異於
人者遂矣厥後歷重慶興定貞祐元光之祀三赴大比蟣廁上
游位不至達噫嘻何其命耶至正大巳丑始蒙恩賜守知商州
洛南縣未幾值金政衰微干戈滿地天下紛紛明年庚寅聖元
大軍入秦川韓城當要衝平蕩無餘乃至骨肉相失被虜河東
孤身遁走流落之汴天興壬辰大中書丞相耶律公為董軍國
事適汴乃張宴以待四方之士於是入謁有詩云大道分明有

郝鼎臣墓志铭

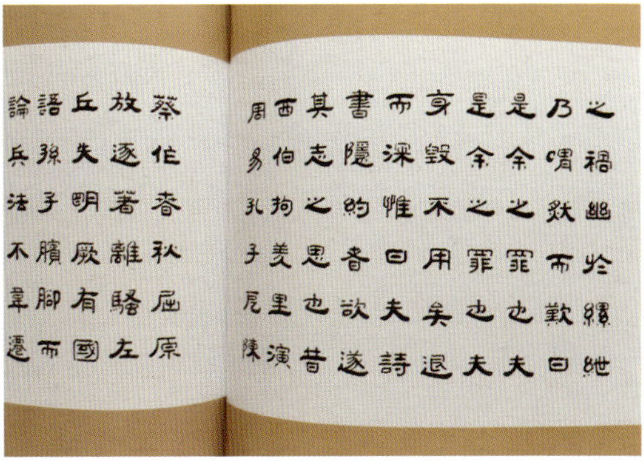

《路灯隶书集》内容

岁月流金

作者(左)与马萧萧先生合影

新老城区街道命名会议(左起第二人为本书作者)

本书图片由郭德源、姚歌民、郭宗义、徐春生、宁永泉、王林华、郭武民、段兴民、梁均平、张继刚等提供。

记住乡愁

JIZHU XIANGCHOU

郭德源 著

西北大学出版社
·西安·

图书在版编目(CIP)数据

记住乡愁 / 郭德源著. —西安:西北大学出版社,
2023.11

ISBN 978-7-5604-5247-0

Ⅰ. ①记… Ⅱ. ①郭… Ⅲ. ①散文集—中国—当代
Ⅳ. ① I267

中国国家版本馆 CIP 数据核字(2023)第 215808 号

记住乡愁

郭德源 著

西北大学出版社出版发行

(西北大学校内 邮编:710069 电话:029-88302590)

http://nwupress.nwu.edu.cn E-mail:xdpress@nwu.edu.cn

全国新华书店经销 陕西龙山海天艺术印务有限公司印刷

开本:889 毫米×1194 毫米 1/32 印张:8 彩插:32

2023 年 11 月第 1 版 2023 年 11 月第 1 次印刷

字数:178 千字

ISBN 978-7-5604-5247-0 定价:86.00 元

卷首语

收入本书的这些文字，为多年来一些应人、应事、应景、应情之作。虽文体有别，内容各异，且篇幅长短不同，但抒发的是真情，记述的是真相。耄耋之年，将其结集出版，一是一些篇章如实记述了韩城文化圈中鲜为人知的人和事，为后人留下点值得保存的有关资料；二是一些篇章在论述韩城诸多文化现象时，提出了一些自己的见解。现将其公之于众，让广大读者在对比中去区分真假，明辨是非，从而达到维护、传承韩城传统文化的目的。

作　者

2023年9月20日

目 录

一、韩城往事

二、一家之言

三、附录

一

韩城往事

《史记》与韩城

司马迁在著述《史记》时，把韩城也纳入了波澜壮阔的历史大舞台。现将《史记》中与韩城有关的事件辑出，以光斯土。

1. 禹甸梁山

《史记·夏本纪》:“命禹:‘女平水土，维是勉之。’禹拜稽首，禹行自冀州始。”

“既载壶口，治梁及岐。”

“浮于积石，至于龙门西河。”

“导河积石，至于龙门，南至华阴。”

注:“梁”即梁山。韩城西北部的群山系梁山山脉。《诗经·韩奕》有诗云:“奕奕梁山，维禹甸之。”

2. 梁芮朝秦

《史记·秦本纪》:“德公元年，初居雍城大郑宫。……梁伯、芮伯来朝。”“成公元年，梁伯、芮伯来朝。”

注:周宣王时，秦仲协助周室平犬戎之乱被杀，其孙秦襄公平犬戎乱、护送周平王东迁洛邑有功，于是周平王便将秦仲的小儿子嬴康封爵为伯，封地于梁山之阳，故称梁伯国，其地域便是现在芝川镇周围地区。

梁带村两周古墓的发现，证明了《史记》中所记的“芮伯国”就在现在泌水以北的北原地区。两个小诸侯国相距不远，且睦邻友好，故有梁伯、芮伯相偕朝秦之举。

3. 夷吾走梁

《史记·晋世家》：“二十三年，夷吾将奔翟，冀芮曰：‘……不如走梁。梁近于秦，秦强，吾君百岁后可以求入焉。’遂奔梁。”

“初，惠公亡在梁，梁伯以其女妻之，生一男一女。梁伯卜之，男为人臣，女为人妾，故名男为圉，女为妾。”

4. 韩原大战

《史记·晋世家》：“九月壬戌，秦穆公、晋惠公合战韩原。”

《史记·秦本纪》：“十五年……九月壬戌，与晋惠公夷吾合战于韩地。晋君弃其军，与秦争利，还而马鷙。穆公与麾下驰追之，不能得晋君，反为晋军所围。晋击穆公，穆公伤。于是岐下食善马者三百人驰冒晋军，晋军解围，遂脱穆公而反生得晋君。初，穆公亡善马，岐下野人共得而食之者三百余人，吏逐得，欲法之。穆公曰：‘君子不以畜产害人。吾闻食善马肉不饮酒，伤人。’乃皆赐酒而赦之。三百人者闻秦击晋，皆求从。从而见穆公窘，亦皆推锋争死，以报食马之德。”

注：西周初，周武王的一个儿子封爵为侯，封地于韩，称“韩侯国”。韩侯国后为晋所灭，此地便称“韩原”。后人亦以“韩原”作为韩城的代称。

5. 梁伯暴政

《史记·晋世家》："十年，秦灭梁，梁伯好土功，治城沟，民力罢怨，其众数相惊，曰：'秦寇至'民恐惑，秦竟灭之。"

《史记·秦本纪》："二十年，秦灭梁、芮。"

6. 韩姓始祖

《史记·韩世家》："韩之先与周同姓，姓姬氏，其后苗裔事晋，得封于韩原，曰韩武子。武子后三世有韩厥，从封姓为韩氏。"

注：武子得封于韩原后，其后三世韩厥便从封地为氏，成为韩姓始祖。所以说，韩城是中国韩姓的发源地。

7. 子夏教授

《史记·仲尼弟子列传》："孔子既没，子夏居西河教授，为魏文侯师。"

注：春秋战国时，韩城曾为晋魏"西河"之地的一部分。

8. 魏筑长城

《史记·秦本纪》："孝公元年……魏筑长城，自郑滨洛以北，有上郡。"

《史记·魏世家》："十九年……筑长城，塞固阳。"

注：魏长城在今司马迁祠墓以南原上尚有遗址，为全国重点文物保护单位。

9. 少梁归秦

《史记·秦本纪》:“八年,魏纳河西地……十一年,……更名少梁曰‘夏阳’。”

10. 夏阳渡兵

《史记·淮阴侯列传》:“其八月,以(韩)信为左丞相,击魏。魏王盛兵蒲坂,塞临晋。(韩)信乃益为疑兵,陈船欲渡临晋,而伏兵从夏阳以木罂缻渡军,袭安邑。魏王豹惊,引兵迎(韩)信,(韩)信遂虏豹,定魏为河东郡。”

11. 游侠郭解

《史记·游侠列传》:“郭解,轵人也。……解为人短小精悍,不饮酒……及解年长,更折节为俭,以德报怨,厚施而薄望。然其自喜为侠益甚。既已振人之命,不矜其功。”

“解亡,置其母家室夏阳,身至临晋。”

“御史大夫公孙弘议曰:‘解布衣为任侠行权,以睚眦杀人,解虽弗知,此罪甚于解杀之,当大逆无道。’遂族郭解翁伯。”

“太史公曰:‘吾视郭解,状貌不及中人,言语不足采者。然天下无贤与不肖,知与不知,皆慕其声,言侠者皆引以为名。’谚曰:‘人貌荣名,岂有既乎!’于戏,惜哉!”

12. 武帝东巡

《史记·封禅书》:“太史公曰:‘余从巡祭天地诸神名山川而封禅焉。’”

注：

①《汉书·武帝纪》："太初二年三月，行幸河东，祠后土。……天汉元年三月，行幸河东，祠后土。"

②《韩城县续志·风俗志卷七》(清康行僴纂)："汉武帝元鼎四年（前 113)，自夏阳东幸汾阴。""汉武帝元封四年（前 107)，幸河东，祠后土，赦夏阳死罪以下及免租赋。"

③据《韩城市文物志·扶荔宫遗址》载："因汉武帝多次经夏阳去河东祠后土,于是便在夏阳古渡旁为汉武帝修建了一座行宫——扶荔宫，其遗址尚存。

13. 司马世家

《史记·太史公自序》："司马氏世典周史。惠襄之间，司马氏去周适晋。晋中军随会奔秦，而司马氏入少梁。"

"在秦者名错，与张仪争论，于是惠王使错将伐蜀，遂拔，因而守之。错孙靳，事武安君白起。……靳与武安君坑赵长平军，还而与之俱赐死杜邮，葬于华池。靳孙昌，昌为秦主铁官，当始皇之时。"

"昌生无泽，无泽为汉市长。无泽生喜，喜为五大夫，卒，皆葬高门。喜生谈，谈为太史公。"

"太史公既掌天官，不治民，有子曰迁。"

"迁生龙门，耕牧河山之阳。年十岁则诵古文，二十而南游……于是迁仕为郎中。"

"卒三岁而迁太史令……七年而太史公遭李陵之祸……"

2012 年 5 月 6 日

“知我韩城·爱我韩城”文史百题

2014 年 11 月，韩城市妇联决定在全市开展一次“知我韩城·爱我韩城”学习和知识竞赛活动，邀笔者出题，以下为所拟题目。

1. 韩城地处关中什么位置？

韩城位于关中东北部，北与宜川毗邻；南与合阳为临；东隔黄河与山西乡宁、河津、万荣相望；西与黄龙接壤。全境南北长 50.7 公里，东西宽 42.4 公里，总面积为 1596 平方公里。

2. 韩城的地貌特征是什么？

西、北为山，东、南为台原、川道和黄河滩涂，概括地说，韩城的地貌特征为“七山一水二分田”。

3. 韩城自北而南这条山脉称什么山？较有名气的山峰有哪些？

称梁山。较有名的山峰有龙门山、巍山、象山、猴儿山、牡丹山、五峙山、高祖山、八郎山、牛角梢等。

4. 韩城主要的川道有哪几条？

最大的川道为二十里川，其他较大的川道有薛峰川、吕庄川、冶户川、盘道川等。

5. 韩城境内较大的河流有哪几条?

除黄河外，较大的河流有澽水、凿开河、盘水、芝水等。

6. 黄河在韩城段最窄处和最宽处分别在哪里?

最窄处在龙门，宽仅 36 米；最宽处在自渚北村至姚家庄段，宽达 20 里左右。

7. 韩城的台原分几大块，各叫什么?

大致可分四块。以金城为参照物，金城以东称东原，泌水以北称北原，司马坡以上称南原，也称龙亭原，芝阳、嵬东地区称西南原。

8. 龙门古渡都发生过哪些著名兵事?

(1) 隋朝末年，李渊由此渡兵，取长安。

(2) 金末，元兵自龙门西渡，陷韩城。

(3) 明末，李自成由龙门渡兵，直取北京。

(4)1949 年夏，人民解放军从龙门渡河西进，解放大西北。

9. 抗日战争初期，日寇四五千人向我龙门守军发动进攻，经数日血战，日军败退。守军阵亡之 271 名官兵被隆重安葬于龙门山麓。请问这次战斗发生在哪一年?

民国二十七年（1938）。

10. 哪一年《小鲤鱼跳龙门》特种邮票首发式在韩城举行?

2000 年 8 月 8 日。

11. 什么是冰桥?

每逢冬日，黄河在龙门古渡结冰，两岸民众履冰而过，当地人将此称为“冰桥”。

12. 夏阳古渡都发生过哪些著名事件?

(1) 汉初，韩信由夏阳渡以木罂渡兵，消灭魏国，生俘魏王豹。

（2）汉武帝多次从夏阳渡东渡汾阴，祭祀后土。

（3）1937年，朱德、彭德怀等率领八路军115师、120师、129师从夏阳渡东渡黄河，奔向了抗日前线。

13. 韩城什么时候开始有了建制？各个历史时期的称谓是什么？

韩城自西周之初始有建制。公元前1039年，周武王的一个儿子被封为侯，封地于韩，称“韩侯国”，这便是韩城始有建制的最早记载。

夏商时期，韩城地域称“龙门”；西周初年有韩国；春秋时南有梁国，北有芮国；战国时，称“少梁”；至秦自隋初称“夏阳”；隋开皇十八年（598），更“夏阳”为“韩城”；韩城一名沿用至今。

14. 韩城一词出于何处？

“韩城”一词出于《诗经·韩奕》“溥彼韩城，燕师所完”之句。

15. 韩城古城始建于哪一年？

隋大业十一年（615）。

16. 韩城古城为什么称“金城”？

明崇祯十三年（1640），在时任首辅的邑人薛国观的倡导下，将韩城古城全部砖砌。因其固若金汤，故后人将古城称为“金城”。

17. 韩城古城中的五营名称及作用是什么？

分别是东营、西营、南营、北营、中营。五营昔日战时为守城军队驻兵之所，平时为百姓的文化活动之地。

18. 韩城古城在明崇祯年间经全部砖砌后，重新题刻了四城门门额，其题词分别是什么？

东门：黄河东带　　西门：梁奕西襟

南门：溥彼韩城　　北门：龙门盛地

19. 韩城现存的魏长城修筑于什么时期？为什么称为魏长城？

修筑于战国时期。因为当时韩城属魏国，该长城为魏国所修，故称魏长城。

20. 韩城治城最早设在何处？什么时候迁至现金城？

先在芝川故城，汉代以后迁至现金城。

21. 韩城有名的三座古墓是什么？

（1）梁带村两周古墓群。（2）三义墓。（3）司马迁祠墓。

21. 司马迁祠墓创建于什么年代？由谁创建？

西晋永嘉四年（310）。由殷济创建。

22. 北宋哪一年芝川镇民众重修太史祠，建献殿、寝殿，塑太史公像？

北宋宣和七年（1125）。

23.《史记》中记述的历史事件有哪些是在韩城发生的？

禹甸梁山、梁芮朝秦、夷吾走梁、韩原大战、梁伯暴政、秦灭梁芮、韩姓始祖、子夏教授、魏筑长城、少梁归秦、夏阳渡兵、游侠郭解、武帝东巡、司马世家。

24.1958 年，文化名人、著名社会活动家郭沫若为司马迁祠题书五言律诗一首，请说出这首诗的内容。

龙门有灵秀，钟毓人中龙，学殖空前富，文章旷代雄。怜才膺斧钺，吐气作霓虹。功业追尼父，千秋太史公。

25. 韩城除铁路外还有几条公路干线？

（1）京昆高速公路西禹段。（2）京昆线（108 国道）。（3）连固线（连云港—宁夏固原），亦称 327 国道。（4）沿黄公路。

26. 韩城最长的一条公路隧道叫什么隧道？何时通车？

龙门隧道。2014 年 10 月通车。

27. 唐武德七年（624），云得臣为西韩州治中（时韩城属西韩州），率民众自龙门引黄河，溉田多少亩？

6000 亩。

28. 明万历二十二年至二十六年（1594—1598），韩城知县率领民众在土门口凿山修渠，引澽水灌溉农田。人们为了纪念他的治水之功，在薛曲村南为其修建专祠一座，当地人称“马公祠”，请问这位知县是谁？

马攀龙。

29. 韩城较大的水库有哪几座？

薛峰水库、盘河水库、小迷川水库、西南水库等。

30. 谁最早在韩城传授儒家学说，开韩城教育之先河？

战国时，孔子高足卜子夏曾在韩城设帐授徒，传播儒家学说，开韩城教育之先河。

31. 县学明伦堂是哪一年修建的？

明洪武四年（1371）。

32. 刘荫枢，清康熙年间曾任贵州巡抚。他致力于韩城地方建设，倡修毓秀桥，石铺古城街道及柿谷坡，又在龙门古渡设置铁桩、铁环，以助舟船上行，深为韩城人民敬仰。请问他是韩城哪一村人？

韩城市潭马村人。

33. 王杰，韩城庙后村人，清代西北地区唯一一名状元，曾任乾、嘉两朝首辅。王杰在朝 40 余年，为人正直，为官清廉，退休时，嘉庆皇帝赋诗送行，其中两句对王杰的人品和政绩做了高度评价，请问这两句诗是什么？

"直道一身立廊庙，清风两袖返韩城。"

34. 当代著名作家杜鹏程是韩城苏村人，他被誉为当代卓有建树的小说家，在中国当代文学史上占有重要地位，其代表作是什么？

长篇小说《保卫延安》，中篇小说《在和平的日子里》。

35. 韩城有几处国家级重点文物保护单位，它们的名称各是什么？

15 处。分别为司马迁祠墓、魏长城遗址、文庙、城隍庙、北营庙、金城九郎庙、庆善寺大殿、毓秀桥、周原大禹庙、党家村古民居、普照寺、西原村玉皇后土庙、梁带村两周古墓遗址、西庄法王庙、紫云观三清殿。

36. 韩城拥有的国家级文物保护单位在全国占怎样的地位？韩城文物的最大特点是什么？

目前，韩城拥有的国家级文物保护单位数量在全国县（市）名列第六。韩城文物的最大特点是古建筑多，且体量大，建造精美。

37. 日本学者和英国皇家建筑学会查理教授对党家村的评价是什么？

日本学者对党家村的评价是："东方人类古代传统村落的活化石。"

英国皇家建筑学会查理教授对党家村的评价是："世界建

筑文化在中国，中国建筑文化在韩城。”

38. 龙门大禹庙建于元代，有殿、有庑、有台、有阁、有道院，布局错落有致，建造宏伟壮观，为一组大型古建筑，惜毁于何时？

抗日战争时期，毁于日寇炮火。

39.梁带村两周古墓哪一年被评为全国十大考古发现之一？

2005 年。

40. 韩城古城西城门石刻门额，上款刻有“大顺永昌元年孟冬吉旦”字样，这是全国唯一一件刻有“大顺永昌”年号的实物，弥足珍贵。请问此石刻门额的题词是什么？

梁奕西襟。

41. 清光绪二十一年（1895），韩城四位举人在北京参加了康有为等人发起的“公车上书”。这四位举人都是谁？

曹邦彦、温恭、高士龙、荆培元。

42. 民国十五年（1926），县北民团成立了什么组织，反抗反动军阀的烧杀抢掠？

红枪会。

43. 韩城市第一个中共党支部什么时候在哪里成立？

1927 年 10 月，在范家庄成立。

44. 简述韩城革命史上有名的“蕃地事件”。

1936 年农历二月初七晚，中国工农红军陕西东府游击队部分队员夜宿西蕃地村陈德明家中。次日清晨，被国民党保安团侦知包围，突围中，大部分壮烈牺牲，三人被俘，惨遭杀害。此次事件，史称“蕃地事件”。

45.韩城第一次解放是在哪一年？第二次解放是在哪一年？

第一次解放是 1947 年 10 月。第二次解放是 1948 年 3 月。

46. 韩城是哪年撤县设市的？在陕西省人民政府《关于韩城城市总体规划方案的批复》中，明确提出韩城将建成一个什么样性质的城市？

1984 年 1 月韩城撤县设市。《关于韩城城市总体规划方案的批复》中明确提出：“韩城应建成以煤炭、电力工业为主，旅游事业发达的中等城市。”

47. 陕西省企业产权制度改革经验交流会接连两次在韩城召开，韩城市领导在两次会议上介绍了经验。这两次会议分别是在哪一年？

1993 年 11 月，1994 年 10 月。

48. 哪一年韩城被列为陕西省计划单列试点市？

2012 年 5 月。

49. 韩城现有多少个镇（办）？分别叫什么？

韩城现有 8 个镇（办）。分别为新城办、金城办、桑树坪镇、龙门镇、西庄镇、板桥镇、芝川镇、芝阳镇。

50. 韩城最著名的农副产品是什么？

大红袍花椒。

51. 韩城有几项国家级非物质文化遗产？它们的名称分别是什么？

有三项。分别是韩城行鼓、韩城秧歌和徐村司马迁祭祀习俗。

52. 旧时韩城八景都是什么？

禹门春浪、苏柏南柯、圆觉晨钟、象岭朝霞、龙潭飞阁、濛水奔涛、龙泉秋稼、太史高坟。

53. 以前，韩城的主要剧种是皮影和蒲剧。哪一年“榛苓社”来韩演出？这是秦腔第一次走进韩城。

民国十一年（1922）。

54.1982 年，省戏曲研究院以韩城推行农村联产承包责任制为题材，编演了大型现代眉户剧，演红了省内外，剧名是什么？

《杏花村》。

55. 韩城村落的主要特色是什么？

村寨分离型村落较多，即在村落之外另筑防御性寨堡。这种聚落形式，据国内外专家研究，在国内绝无仅有。

56. 韩城民居的主要特色是什么？

青砖灰瓦的四合院民居是韩城民居的主要特色。

57. 全国大部分地区过春节吃饺子，但韩城人的春节早饭别有特色，他们早饭吃什么？

猪肉臊子馄饨。

58. 韩城人在中秋节这天，必吃用什么肉作馅的饺子、包子、胡饽？这是韩城人过中秋节的一个特色。

羊肉。

59. 韩城民俗中的许多现象是儒文化的传承，这些现象从哪些儒家经典著作中可以找到？

《周礼》《仪礼》《礼记》。

60. 凿开河在我市什么地方？为什么称凿开河？

在冶户川。传说当年大禹的父亲鲧治水时，由于不谙地理形势，在此凿开河道，想让黄河洪水向西而流。结果事与愿违，洪水越来越大，百姓愈加遭殃。于是舜帝就杀了鲧，让鲧的儿子禹继承父业，继续治水。禹改变引水方向，凿开龙门，黄河之水于是顺流南下，归入大海，治水成功。大禹为了让人们永远记住父亲治水失败的教训，便将父亲开凿的河道称为“错开河”。由于韩城方言“错”“凿”同音，久而久之，便将错开河写成了“凿开河”。

61.《史记》哪一篇有大禹治水时“自积石历龙门，南到华阴，东下砥柱，及孟津、洛汭，至于大邳”的记载？

《河渠书》。

62.《诗经》哪一篇记述了大禹在韩城的治水之功？具体诗句是什么？诗句的含义是什么？

《大雅·韩奕》。“奕奕梁山，维禹甸之”。诗句的意思是说，梁山这个地方，是大禹把它治理好的（梁山，韩城西部、北部的山脉统称梁山，故古时也以“梁山”作为韩城的代称）。

63. 龙门为什么也称“禹门”？

传说当年大禹在此凿开山体，导河南下，因凿出之豁口形状如门，又系禹凿，人们为了纪念大禹的治水之功，遂将此豁口称为“禹门”。《名山记》载，“（禹门）两岸皆绝壁，相对如门，惟神龙可越，故曰‘龙门’”。

64.“鲤鱼跃龙门”典故出自何处？

《三秦记》载：“每岁季春，有黄鲤鱼，自海及诸川争来赴之。一岁中，登龙门者不过七十二。初登龙门，即有云雨随之，天火自后烧其尾，乃化为龙矣。”这就是“鲤鱼跃龙门”典故的出处。以后将“鲤鱼跃龙门”引申到科举考试，考上功名，步入仕途，便称“登龙门”。

65. 文庙五龙壁两旁有鱼跃龙门砖雕图，这有何寓意？

寓意“鱼龙变化”。意思是平民百姓通过读书，便可取得功名，步入仕途。

66. 梁带村两周古墓中出土了什么乐器，说明在春秋时期，韩城地区就有了鼓乐？

建鼓。

67.从梁带村两周古墓中出土的带有什么字样铭文的礼器，说明史书上记载的“芮国”，春秋时就存在于韩城北原地区？

芮公作铸鬲；芮太子作铸鬲。

68.《史记》哪一篇记载了中国的“韩”姓就源于韩城？

《韩世家》。

69. 哪一部古书记载了中国的“梁”姓发源于韩城？

宋《通志·氏族略》。

70. “唐初四杰”之一的王勃曾来韩城，登城楼，环顾四周，眺望美景，写了一篇著名的文章。请问，这篇文章的题目是什么？

《夏日登韩城门楼序》。

71. 元至元年间，韩城曾一度升置为桢州，将韩城县治迁至什么地方？

薛峰川土岭上。

72. “祖籍陕西韩城县，杏花村中有家园。”这两句秦腔唱词已红遍长城内外，大江南北。请问，这唱词出自秦腔传统剧哪个剧目？

《三滴血》。

73. 1951 年，韩城出了个全国小麦种植状元。请问，这个人是我市哪村人？名字叫什么？

涧南村人，史安福。

74. 明万历年间，芝川人张士佩编纂了韩城现存最早的一部县志。他曾官至南京户部尚书。他做人的基本原则是什么？

居官不取赎锾，迁官不用贿赂，居乡不行请托，三事可对天日。

75. 韩城自古冶铁业就很发达。北宋时，名臣包拯以占用劳力多、成本又高为由，曾上疏朝廷，建议停止冶炼。请问，这篇奏疏的题目是什么？

《请罢同州韩城县冶户疏》。

76. 我市一位名人曾长期为毛泽东主席当秘书，后任中央编译局局长等职。请问，这位名人叫什么？哪村人？

师哲。井溢村人。

77. 我市近代史上曾先后涌现出两个四大家族，请问分别是什么？

苏、牛、薛、张。南胡、北党、东丁、西杨。

78. 在明万历年间编纂的《韩城县志》中，如何论述韩城的经济格局？

“南敦稼穑，北尚服贾”。就是说，县城以南地区的人精于种庄稼，县城以北地域的人善于做生意。

79. 韩城在哪年被国务院公布为中国国家历史文化名城？

1986 年。

80. 什么遗址的发现，证明远在 5 万至 8 万年前，我们的先民就在韩城这块土地上繁衍生息？

禹门洞穴遗址。

81. 韩城南部地区历史上曾称梁伯国（简称“梁国”），请说出梁国建国的时间及来历。

周宣王时，秦仲协助周平王平犬戎之乱战死，其孙秦襄公护周平王东迁洛邑有功，于是周平王就把秦仲的小儿子封爵为伯，封地于梁山之阳，称梁伯国。

82.1936 年 4 月至 5 月，著名爱国将领杨虎城曾驻跸我市什么地方？

金城书院街原韩城民众教育馆。

83.1930 年 3 月，著名爱国将领吉鸿昌驻防大荔、合阳、韩城。在军务之余，曾在金城吉氏祖祠举行了认宗祭祖仪式。之后还有哪些义举？

(1)给吉氏祖祠捐大洋一千元，用以维护祖祠和购置田产，取租取息作为春秋祭祀费用。

(2)给韩城中学捐大洋一千元，嘱其购买《万有文库》，以供学生阅读。

84.1938 年 3 月，国际共产主义战士白求恩大夫从武汉赴延安，途中路经韩城，曾在什么地方小住数日，为后方医院伤兵及当地百姓治病？

金城北关东街隆兴客栈。

85.1949 年 3 月，西北野战军司令员彭德怀将军来韩城，在什么地方向大荔专署副专员及县党政领导人传达中共中央七届二中全会精神，介绍解放战争形势，调查支前等工作？

金城东寺中山堂（现庆善寺）。

86.1644 年，农民起义军领袖李自成率军北上，经韩城渡黄河，直捣幽燕，推翻明王朝。失败后又经韩城返长安，请问，李自成两次驻跸韩城什么地方？现称什么？

金城南街箔子巷口以北面东的九间临街房。现称“闯王行宫”。

87. 清乾隆年间，韩城出了一名才子卫晞骏，他少年时曾为西庄法王庙撰对联一副，对仗工稳，平仄合律，为后世人代代传诵。请说出这副对联的内容。

庄列东西，郭田井亩八家地；

谷分上下，柳翠杨青三月天。

88. 梁带村两周古墓发现后，中央电视台于什么时候做了现场发掘直播？

2007 年 6 月 9 日。

89. 明末，解家村一门兄弟五个，皆读书有成，人称“一母三进士，一举一贡生”。请说出这兄弟五人的名字和功名。

老大解经雅，进士；老二解经傅，进士；老三解经邦，进士；老四解经达，举人；老五解经铉，贡生。

90. 著名的“三义墓”，纪念的是什么年代的什么人？

春秋时晋国大臣赵盾的后代赵武（亦称赵文子），为保赵武勇于献身的赵氏门人公孙杵臼和程婴。

91. 韩城在新中国成立前有几部《县志》？请说出编纂年代及编修人。

五部。

（1）明万历年间，由以南京户部尚书致仕的邑人张士佩编纂的《韩城县志》，简称《张志》。

（2）清康熙年间，由韩城知县康行僴编纂的《韩城县续志》，简称《康志》。

（3）清乾隆年间，由韩城知县傅应奎收纳《张志》《康志》内容，并补入两志以后的资料而编成新的《韩城县志》，简称《傅志》。

（4）清嘉庆年间，由韩城知县冀兰泰编纂的《韩城县续志》，简称《冀志》。

（5）民国十三年（1924），由曾任盱眙知县的邑人程仲昭编纂的《韩城县续志》，简称《程志》。

92. 芝川人张昪，北宋英宗时为宰相，性情质朴，敢于直言。司马光曾上书皇帝，对张昪赞赏有加。请说出司马光对张昪的评价。

“昪为人忠谨清直，不可干以私。”

93. 北宋大观二年（1108），黄河韩城至合阳段曾变清月余。皇帝以为祥瑞，敕赐在黄河岸边的什么村重修神庙，并立碑以纪其事？这通碑叫什么碑？现存何处？

河渎村。碑称“敕修同州韩城县河渎灵源王庙碑”，简称“河渎碑”。碑现存司马迁祠。

94. 清初，韩城出了位名人，曾任陕西都察院监察御史，人尊称其“察院”。还乡后，在马陵庄建三官殿，购义田，凿深井，筑茶亭，以利行人，人将其亭称“察院亭”。又将东原一条大土坡全部石砌，并在坡顶筑砖窑洞，为行人提供歇脚处，人将其坡称“察院坡”。韩城人感其恩德，称其为“贾佛”。请问，此人名叫什么？家住在哪一村？

贾宏祚，家住新城相里堡东头村。

95. 市烈士陵园最高处的金塔，因建于金代而被称为“金塔”。请问，它的正式名称是什么？建于哪一年？是什么性质的塔？

谭法塔。建于金大定十三年（1173）。为佛塔。

96. 清兵入关后，曾任明末宣镇巡抚的澊马村人刘永祚，在韩城组织义军抵抗，他屯兵何处？与清军战于何处？最后结果如何？

屯兵周原堡寨，与清军战于天地庙附近（即今磐固寨东北一带），最后兵败被俘，不屈而死。

97. 简述《史记》内容。

《史记》共有本纪 12 篇，表 10 篇，书 8 篇，世家 30 篇，列传 70 篇，共 130 篇，526500 百字。记载了上起中国上古传说的黄帝时代（约公元前 3000 年）下至汉武帝元年（公元前 122 年）共 3000 多年的历史。

98. 状元王杰，曾任清乾隆、嘉庆两朝首辅。乾隆皇帝和嘉庆皇帝共赐王杰几方亲笔题写的牌匾？各匾题词内容分别是什么？

三方。

乾隆御书寿匾，题词为“赞元锡嘏”。

嘉庆御书寿匾，题词为“福绥燕喜”。

嘉庆御书诗匾，题诗为“辉腾紫极耀韩城，海屋添筹鹤算赢。地近西池增福禄，星明南斗灿晶莹。两朝调鼎文思被，八秩齐眉寿域宏。德业久敷俾戬谷，期颐双庆衍长庚”。

99. 韩城西北山区的原始森林中，有一种被誉为“东方宝石”的世界珍禽、中国特产鸟类、国家一级保护动物，它的名字叫什么？

褐马鸡。

100. 司马迁祠墓的砖砌台阶共有多少级？

99级。

101. 韩城自古盛产花椒，除久负盛名的“大红袍”花椒外，还有哪些品种？

枸椒和黄色椒。

102. 人们常把男女结婚喻为“喜结秦晋”，请问这一典故出自哪部著作？

《史记》。

103. 在韩城古城中，有几处国家级重点文物保护单位？其名称各是什么？

有6处。分别是文庙、城隍庙、北营庙、九郎庙、庆善寺、毓秀桥。

路灯隶书《太史公自序帖》序

路灯先生是韩城市书法界耆老，善隶书。其作品在当地极负盛誉，广为珍藏。1997年，先生为甘肃天水伯阳青牛园书写的老子《道德经》五千三百字，被铸成六通铜牌嵌于宫墙，为其书写的《伯阳青牛园记》，由三秦出版社印帖发行，名噪当时。之后，先生又为本市太史广场的司马迁铜像、著名作家杜鹏程墓碑、学巷小学建校百年纪念碑、大型群雕“韩城行鼓”、修建永泰桥纪念碑等书写了碑文。耄耋之年，先生又穷其精力，将司马迁的《史记·太史公自序》和《报任安书》写成隶书长卷，并再次制帖面世。意在趁老而未衰之时，给故里留下一点有分量的作品作为纪念，除此，别无他求。

先生做人，始于坐牢，而其书法亦始于监狱。与众多书法家走过的投名师、临名帖、高人过招、参展获奖之路相比，他属异途。

1948年，16岁的他在韩城中学尚未毕业，便满腔热血，同一批青年学生北上延安，1949年随大军西进到西安，其后在西安、宝鸡两地银行、市党委工作。

1957年“反右”时，因历年的日记遭查抄，被划成“右派”，翌年肃反，又被升格为“反革命”，投入了监狱。

入狱之后，妻携女儿离他而去。他陷于迷茫与孤独。

1964 年，他所在的黄陵上畛子劳改农场做了一批防火护林标语牌，命他书写。本用行楷，但动笔时，忽生一念，隶书端庄清秀，何不试着用隶体书写一回？于是，他便大着胆子写起了以前不曾写过的隶体。写成之后，众人惊讶，没想到此人还能写一手隶书！

从此，他悟出了自己在隶书方面还有潜质，他更喜爱隶书的平静、安详之态，于是开始主习隶书，坚持不辍。

刑期将满时，他看到了还可以活着走出劳改农场的希望。

但是，出去何以谋生？他想学一门手艺。先打算学裁缝，后来一位年老的犯人劝他学编簸箕。因为簸箕家家户户都离不了，不愁卖不出。他动心了，便跟着这位师傅学着编了一个簸箕。

1968 年，十多年的监狱生活终于结束了，他被遣返故里。然而“家”在哪里？他茫然！

他的村子位于黄河边上，因河水的冲刷崩塌，村民都已搬迁，留给他的，是瓦砾杂草中一孔不足十平方米的砖窑。尽管如此，他总算有了个栖身之地。

另一种生活，从此开始。

耕作之余，他在黄河滩采了些柳条，试编簸箕。第一个，不成型；第二个，还可以；第三个，不错；再编，很好！从此一编不可收！当时还戴着“反革命”帽子的他，不能私人经销，他便给生产队编。编一个，十工分，还有三角钱补贴，他终于可以自立了。

由于他身怀两技之长，既经常给邻里编修簸箕，又热心为村里的红白喜事写对联、绘门帘，干群感动，桃李相报。经请示上级批准，1973 年摘掉其“反革命”帽子，又帮他成了“家”，还帮他盖起了几间平房，他终于活得像个人样儿了。

1979年，47岁的他终获平反，被安排到市文化馆工作，这给他研习、展示书法再次提供了一个平台。而他在其书法作品落款使用“簸箕匠”名号，也从此始！这不是作秀，因为他不能忘记学编簸箕时的无奈，不能忘记学编簸箕伴他走过的艰苦岁月，不能忘记学编簸箕竟使他至今身板硬朗，更不能忘记簸箕去糟存精所蕴含的哲理。

先生书法愈老弥精，特色独具。其艺术成就不好评说，因为仁者见仁，智者见智。而我以为，论人书画，先看人品。浅陋者，不足挂齿。高尚者，读其作品，如览山水，如品琼浆。

半生的苦难，练就了先生淡泊的品格。字虽出名，却不喜张扬，不趋名利；乐居乡村，逸兴河洲。

先生印此帖，要我作序，我以草根之身婉拒。先生却说：“我本草根，一无所求，既不请领导题词，也不求名家题名，草根给草根作序，吾之愿矣！”

我感动，遂写下以上文字。

2012年3月28日

学巷小学建校百年碑记

学巷小学，坐落于国家历史文化名城——韩城市金城学巷东端，与国家级重点文物保护单位文庙为邻。全校总面积 19872 平方米，其中建筑面积 2572.7 平方米，操场面积 6000 平方米，在校学生一千多人，为韩城市教育局直辖的市级重点小学。

学巷小学的前身，为地处金城书院街的龙门书院。清末，罢科举，兴学校，光绪三十年（1904），改龙门书院为“高等小学堂”，简称“高小”，韩城近现代教育由此而始。

1928 年秋，“高小”迁至明伦堂，改称“韩城县立第一高级小学校”，简称“一高”；1937 年，改称“韩城县立明伦堂小学”，简称“明小”；1942 年，又更名为“金城镇第一中心小学校”，简称“金一校”。随着学校规模的逐渐扩大，校址又扩至文庙。

中华人民共和国成立后，“金一校”更名为“韩城县第一完全小学”，简称“一完”，附辖庙后、北关两个分校；1957 年，“一完”更名为“韩城县学巷小学”；1965 年又更名为“城关镇学巷小学”，附辖庙后、盘乐两个分校；1970 年又改称“城郊公社学巷小学”。

1981 年，学校被确立为县重点小学，校名改称“韩城县学巷小学”；1984 年撤县设市，遂更校名为“韩城市学巷小学”，并沿用至今。

斗转星移，沧海桑田，从创立“高等小学堂”的1904年到如今，学巷小学已走过了百年历程。如果上溯至兴建明伦堂的明洪武四年（1371），这座学堂更是经历了630多年的风雨。

明伦堂作为明清时期韩城的“县学”，为振兴、发展韩城教育事业，作出了卓越的贡献，造就了明清时期韩城人文的鼎盛和文化的繁荣。

学巷小学作为明伦堂的延续，既使韩城的尊师重教之风得以代代流传，又对韩城教育易制起到了承先启后的作用。既在特定历史时期继续发挥着“县学”的作用，又成为韩城近现代革命的“摇篮”。

中华人民共和国成立后，韩城变化天翻地覆，学巷小学的发展也与时俱进。昔日的明伦堂保护完好；新建的教学楼排列有序。古老文化和现代文明在校园相互融合，构成了学巷小学鲜明的特色，成为韩城人民的骄傲。

为了展示学校百年风采，进一步弘扬学巷小学尊师重教之风，表彰前贤，激励来者，应广大校友之愿，经市政府批准，学校于2003年5月1日举行百年校庆活动，并立此碑，以作纪念。诸多校友借校庆之机，慷慨解囊，捐资兴学，以报母校哺育之恩。为不使懿行湮没，兹将捐款人民币500元以上者，镌芳名于碑阴，以垂不朽。

学巷小学高秋五六级校友郭德源　撰文

韩城路灯　书丹

2003年5月1日

注：此碑立于金城学巷小学大院之西的碑亭之中。

兴建禹甸园记

韩城撤县设市，已历20个春秋。20年来，韩城人民乘改革开放之风，抒再造恢宏之志，古城保护古色古香，新城建设日新月异。为了进一步提高新城品位，满足市民日益增长的文化休闲娱乐的需要，韩城市人民政府继建成太史园广场之后，又于2004年初，决定在此兴建禹甸园。

“禹甸”者，大禹治理之意也。语出《诗经·韩奕》“奕奕梁山，维禹甸之”之句。以“禹甸”命名，既突出了韩城这座全国历史文化名城的文化色彩，与太史园遥相呼应；又纪念了前贤平成之功，以示来者励志图强，承前启后，再造辉煌。

禹甸园西望巍岫，东眺黄河，南仰史圣，北瞻龙门。其占地37000平方米，投资1000万元，2004年2月1日开工，历时二百一十三天，于当年八月底告竣。园外三面环路，视野开阔；园内香花异树掩映，石筒、石柱耸立；仿古式亭阁显现出浓郁的古典风韵，音乐喷泉又激扬着现代生活的旋律；有球场、舞池可以健身，有茶秀、石几可以品茗……聚山水之灵气，蕴人文之雅趣。徜徉其中，心旷神怡。

禹甸园由陕西绿通生态园艺有限责任公司负责修建。修造之功，亦不可没。

此园落成，将成为新城又一处具有深厚文化底蕴的园林景观，可喜可贺！值此庆祝建市20周年之际，市政府于2004年9月8日，在此举行开园仪式，并立此碑，以作纪念。

韩城市人民政府　敬立

郭德源　撰文

2004年9月1日

注：此碑分别立于禹甸园北、东入口处。

韩城行鼓群雕碑文

韩城鼓乐，肇始于周而兴盛于今，遍布城乡而演于庆仪。特别是改革开放以来，韩城鼓乐如百花沐雨，竞相绽苞，争巧斗妍，风格各具。其中之韩城行鼓不但以其恢宏、激昂之势扬名于香港回归、北京奥运和英伦三岛，更于2010年9月在韩城举办的“首届全国锣鼓大赛”中荣膺金奖。韩城行鼓，已成为韩城又一张亮丽的文化名片，成为中华艺苑的一朵奇葩。

郭德源　文

路　灯　书

2011年2月

注：此碑镶嵌于新城青年广场大型群雕韩城行鼓基座东侧。

修建永泰桥碑记

薛家河村是薛峰乡王村行政村的自然村组之一，位于薛峰川道西端之澽水河谷。千百年来，村庄与耕地以河相隔，往来涉水，极不方便，更制约了当地经济的发展。河上架桥，乃村民之一大夙愿。因村处山区，经济贫困，修桥之举，难以实施。陕西泰山置业集团董事长蔡勇闻知此事，慷慨捐资百万，修建此桥，以解民忧。工程自 2013 年 11 月筹划，2014 年 8 月动工，由韩城市忠庆路业有限责任公司负责建造。经过三个多月的精心施工，一座长 54.8 米，宽 4.5 米，高 3 米的九孔钢筋混凝土大桥终于 2014 年 12 月落成，村民梦想变为现实。

桥以“永泰”命名。永者，有千年永固之意；泰者，一取平安、安定之意，二记泰山集团之功。

工竣，特立此碑，以记其事，以彰芳行，以昭后人。

郭德源　撰文

路　灯　书丹

王村党支部村委会立石

二〇一五年五月一日

注：此碑立于永泰桥东端。

五勇坡

五勇坡位于老城东门之东，是东原通往老城的交通要道之一。原名豆腐坡，1956 年修坡时，因五位社员英勇殒身而更名“五勇坡”。

原来的豆腐坡，狭窄陡峻，车辆上下，甚为艰难。农业合作化后，市东乡学巷、吴家巷地区成立了“东南农业生产合作社”，因其耕地多在东原上，耕作十分不便。社领导经过规划，决定对该坡进行扩修。为了不误农时，工程于 1956 年正月初一正式开始。

这天清晨，吃过馄饨，几乎所有的男劳力都来到工地。大家正干得热火朝天，约中午时分，坡道北崖突然发生塌方，巨大的土方劈头盖脸地塌陷下来。顿时，尘土弥漫，喊声四起，杨遇贞、张忠俊、陈保存、赵启鹏、王延年五位社员因处于洼坳，躲避不及，不幸遇难。

由于这次修坡是老城地区合作化后第一次兴办规模较大的工程，在县上也引起了轰动。这年三月，城关镇政府在县人民广场举行了隆重的追悼大会。东原各社的社员也参加了吊唁。副县长张孔博主持公祭并讲话。为了表彰这五位社员在修坡中的贡献，经张副县长提议，将豆腐坡更名为“五勇坡”，并由东原各社资助，在坡顶树碑立石，永作纪念。碑文上写着："为纪念杨遇贞、张忠俊、陈保存、赵启鹏、王延年同志在生产战线上英勇劳动而殒身特命名为五勇坡。"

五勇坡修坡委员会

1956年5月1日

注：

①以今人的英勇事迹而更改地名，是韩城市近现代史上第一次，故有其深远意义。五位殉身者虽已安卧九泉，但他们的名字却千载不泯，"五勇坡"之名也与世永存。

②此文原载于1984年12月15日《韩城市志资料》第1期第2版。

韩中学生怒逐张教官

抗日战争爆发后，当时正在北平上大学的韩籍进步学生赵惠民、强仲谦、高景华三人因北平沦陷失学，受聘到韩城中学任教。这不仅大大加强了韩中的师资力量，而且他们还向学生教唱救亡歌曲，宣传共产党的抗日主张，因此学生的爱国热情非常高涨。

当时从省童子军理事会派来的童子军教官张某某，飞扬跋扈，不可一世，学生敢怒而不敢言，一口气闷在心里。

有一天，张教官借口要回老家，向校长文劲民请假，并要借五十块银圆作为路费。文校长没有答应，张教官十分不满。当天傍晚时分，张教官在文校长门前玩枪，不慎走火。文校长不以为然，责问张教官为什么要向他鸣枪示威。满腔怒火的学生听到枪声后纷纷赶来，他们觉得这是惩治张教官的一个好机会，于是便蜂拥而上，七手八脚，将张教官痛打一顿，以泄平日积愤，并沿用当时正流行的《大刀进行曲》曲谱，编唱出愤怒的歌曲。歌词是：

拳头向张某某的头上打去，
被他压迫的学生们，
报仇的一天来到了，
报仇的一天来到了。

前边有校长文劲民，
后边有全校的同学们。
咱们今天打他不是孤军，
看准那敌人，
把他绑住，
把他绑紧，
咥啊！

揍了张教官后，学生又以图谋刺杀校长的罪名，将其绑送到县政府要求治罪。虽然伪县政府将其悄悄放走，但学生的气出了，斗争胜利了，学校的抗日救亡运动更加蓬勃地开展起来了。

注：

①本文中的“张某某”系化名。

②韩城方言把“打”也叫“咥”（此处只是借用其音）。

③此文根据李录勋先生的口述记录整理，初稿写于1985年12月30日，1986年1月3日上午由李录勋先生亲笔修改定稿。

祭大禹文

维公元二〇一〇年七月二十一日，韩城市人民政府某某某谨代表全体韩原儿女，偕同各级领导，中外来宾，台湾、香港、澳门同胞及海外侨胞，敬具香花果蔬、牲醴珍馐，致祭于大禹庙前曰：

煌煌大禹，　　黄帝玄孙；
其德不违，①　　敏给克勤。②
其言可信，　　其人可亲；
亹亹（wěiwěi）穆穆，③　　为纲为纪。
曩（nǎng）者④天下，　　洪水滔滔；
江河横溢，　　黎庶涂炭。
帝命治水，　　为民除患；
王率百姓，　　克险排难。
新婚三日，　　未敢眷恋；
娇儿降生，　　无暇顾念。
劳身焦思，　　沐风栉雨；
三过家门，　　未进门槛。
投身治水，　　一十三年；
劈山凿石，　　导水筑堰。
九山刊旅，⑤　　九川涤原；⑥

九泽既陂，[7] 四海晏然。
兴乐《九韶》，凤凰来仪；
内平外成，帝赐玄圭[8]。
王功盖世，天下安定；
治梁及岐，[9] 泽被韩城。[10]
“奕奕梁山，维禹甸之”；[11]
千年诗句，古今传诵。
巍巍龙门，留王斧迹；
溥彼韩城，[12] 物阜民丰。
韩人建庙，春祀秋祭；
香火旺盛，代有传承。
欣逢盛世，国运昌隆；
改革开放，百业繁荣。
科学发展，和谐稳定；
再接再厉，更上层楼。
四海兄弟，于此团聚；
同根连枝，情深意浓。
同瞻庙貌，共仰王容；
同怀王德，共祭王灵。
供品齐备，鼓乐待张；
诚心敬意，共荐馨香。
尚飨！

2010 年 6 月 16 日

注：

①其德不违：（他）遵守道德。

②敏给克勤：敏捷机智，克勤克俭。

③亹亹穆穆：亹亹，勤勉、不倦貌；穆穆，仪表美好、容止庄敬貌。

④曩者：从前。

⑤九山刊旅：妨碍排洪的障碍已经辟除。

⑥九川涤原：江河源流都已疏通。

⑦九泽既陂：陂，堤、岸之意。九个湖泽都已筑好堤防。

⑧玄圭：黑色的玉圭。圭是古时权力的象征。

⑨治梁及岐：大禹的治水行动，先从冀州（即现在的河北、山西）开始，先治壶口，再治梁山、岐山。

⑩泽被韩城：因为治好了梁山，因而也就惠及韩城。

⑪奕奕梁山，维禹甸之：语出《诗经·韩奕》，意思是说，高大美丽的梁山，是大禹把它治理好的。韩城西部及西北部山脉，统称梁山。所以，古时常以梁山作为韩城的代称。

⑫溥彼韩城：语出《诗经·韩奕》，意思是广大富饶的韩城。“韩城”（县）市名即源于此。

韩城民间择吉

过去，人们订婚结婚、兴动土木、出外行走、生意开张、大都要请占卜者择个好日子，以图吉利。一年之中，择日子几乎涉及家家户户、各种事情。

也许是随着人们对迷信的逐步破除，或是人们为了减少麻烦和经济负担，乡民便形成了自择吉日的习俗，形成了以“三、六、九”为吉日的共同理念。所以在韩城农村，订婚、结婚、动土等多选农历三、六、九日，这与南方人以“八”为吉的观念大相径庭。旧时在韩城，在人们交往中，忌“八”字，因为在当地人的观念中，“八”含有“八成”之意。

韩城民间对“三、六、九”的数字崇拜，源于《周易》。

韩城自古文化发达，人称“文史之乡”，而儒文化为其主流。在儒文化的13部经典著作中，《周易》便为其一。

《周易》亦称《易经》，传说源自周文王，是一部研究宇宙阴阳相生相克、生生不息的哲学著作。它以“乾”为纯阳，代表天，具有强健、阳刚之特性，在乾卦中，用三个横画表示；以“坤”为纯阴，代表地，是孕育万物之始母，在坤卦中，用六个横画表示。天与地相合，便构成了大千世界。所以，中国人便以“乾坤”作为大千世界的代称。乾的三画加上坤的六画，是为九画。这样，九便成了天地间至大之数。

基于以上认识，我们的前人在千百年的社会活动中，无论是文字论述，还是语言表达，均对“三、六、九”赋予了特定的内涵。辟如：以“三”表示多数，“事不过三”“三人为一众”，典型地直抒了“三”为多数的概念。至于“六”，古人也赋予了“全”的含义。比如，对天体称“六合”（天、地、东、西、南、北）；把人体分“六根”；结婚要循“六礼”；血缘关系又分“六亲”等。对于“九”，古人很早即予崇拜，认为九是无极、至高之数，如“九天”为无限之高；“九泉”为无限之深；“九五之尊”为人之至尊等。看来，“三、六、九”不仅代表了人们崇敬的天地万物，还代表了多、全和至尊，皆为吉祥之数。

“三、六、九”的排列，也有其特殊含义。“六”和“九”都是“三”的递进和倍数，有步步登高之意。

从以上记述可以看出，韩城乡民对“三、六、九”的认识，充满了古代哲学理念和传统文化色彩。与把“八”念“发”，进而将“八”视为吉祥数者相比，韩城的文化底蕴似乎更深厚一些。

2001 年 3 月一稿

2022 年 7 月二稿

“卸抻”

——古时韩城民间的成人礼

以前，在韩城民间，媳妇第一胎生了男孩或生了个独生子男孩，便会给其后脑勺留个小辫，给其脖子上系铁链或银链、项圈，在其脚腕戴铁圈（俗称脚镣），还有人从黑毛驴的缰绳中取出一股裹上红布缝成圈状，挂在孩子脖子上，名曰“抻儿”（当地人把牲口的缰绳称“抻”，用黑毛驴的缰绳给孩子作抻，取长命之意。在乡民的意识中，黑毛驴是长命动物）。古人认为，孩子不满 12 岁，魂魄还不健全，因而易受妖魔疾病的侵袭，所以就给孩子脖子上戴个抻儿，寓意“套住”“绑住”。这是古人典型的魔术手段（民俗学中“魔术”一词的概念与今人所谓的“魔术”概念截然不同）。

到了 12 岁，就得举行“卸抻”仪式，意思是把以前戴在孩子脖子上的抻卸下来。故称“卸抻”。其仪式一是敬献天地神和娘娘神，多数都是敬献活羊一只和韩城独有的敬神蒸食“枣祃瑚”馍一副（五个）。献过之后，将羊宰掉，并且大设宴席，招待亲朋。二是敬神之后，孩子后脑勺的小辫就开始剃去，脖子上的铁链、项圈，脚腕上的铁圈也一并取掉。

为什么将“卸抻”时间定在 12 岁？这也是古俗之遗传。按照古人观念，十二地支算是一个轮回，所以韩城昔日有一句谚语："十二男子脱父子"。意思是说男孩到了 12 岁，魂魄就健全了，就可脱离儿童期，进入成年期了。也就该脱离对父母的依赖，自强自立了。这时给孩子卸去"抻儿"，一是正式取掉孩子身上的儿童饰物，表示孩子已进入成年；二是寓意解脱缰绳，让孩子步入社会，独自闯荡；三是认为孩子既已成人，也就不怕妖魔恶邪的侵害了。当代著名作家杜鹏程，就是从 12 岁起独自谋生的。

我国古时有"冠礼"，即男子到了 20 岁，便要举行加冠仪式。"卸抻"从性质上讲，类似于冠礼，但不是冠礼，而是传承已久的男孩成年仪式。

社会在进步，人们的观念也在不断更新。现在许多人不一定都要给小孩戴上那些饰物，但孩子长到 12 岁给其举办"卸抻"仪式，仍为韩城乡间还在流行的一种民俗现象。

2001 年 3 月

杨公忌日

杨公忌日，是韩城民间为纪念北宋名将杨继业出师失利而专设的忌日，俗称“杨逢忌”，全年共十三个，七月两个，其余每月一个。杨公忌日的设定是从农历正月十三日算起，往后每月向前推两天，即正月十三、二月十一、三月初九、四月初七、五月初五、六月初三、七月初一、七月二十九、八月二十七、九月二十五、十月二十三、十一月二十一、腊月十九。

逢忌日，不事嫁娶，不动土木，不走亲友，不事开张。当年杨公是否每月都有一次出师失利，而且恰好就在这一天，倒也未必。人们之所以如此排列忌日，一是为了在全年的十二个月中，每月都有一次对杨公进行心祭的机会，二是为了便于推算和记忆。

随着社会的发展，原生态的民俗正在迅速消泯。目前，民间对这些忌日是否都记得那么完全，不得而知，但对于正月十三这个忌日，却还信守得比较认真。像正月开始的建房、红白喜事、给新嫁出去的女儿送节，无论如何都要避开这一天。

杨公忌日在韩城的起源，至少应追溯至北宋，盛传于金、元，承袭于明清。因为韩城在北宋时，虽不与辽国接壤，但和杨继业镇守的晋北地区一样，同为抗辽前方。在韩城板桥乡，还流传着许多与杨家将有关的传说。在当时民族矛盾尖锐对立的特殊环境下，强烈的爱国主义情绪，使百姓对抗敌英雄倍加关切和敬仰。加之韩城与晋地仅一河之隔，当地许多名门望族如司马氏、薛氏、卫氏、解氏、徐氏、师氏、王氏、刘氏、孙氏、冯氏等又皆由晋地迁徙而来。晋文化的影响更加深了百姓对杨家将的怀念，特别是在韩城陷于金、元统治之后，这种怀念便通过杨公忌日而演变成为一种卧薪尝胆、不忘国耻的精神支柱，这就是虽历经千年，韩城民众仍念念不忘杨公忌日的主要原因。在韩城几千年的文明史上，能年年月月对一位英雄进行心祭，唯此一例。而这种心祭，也正是韩城人对民族精神、爱国精神的最好诠释,成为韩城地区一种独具特色的民俗现象。

2001 年 3 月一稿

2022 年 4 月 26 日二稿

古城集市

城乡贸易以“集市”形式而进行者，始于宋；列为定制者，则始于清。清乾隆年间编纂的《韩城县志》载：“大集在县（即县城）者，米粮杂货每关一月，俱集城外；花布则在察院门口，日以为常。在乡者，芝川单日，昝村双日，薛峰、大崩（即大鹏）随时小集，忽有忽无。”至民国，昝村、芝川成为城乡集市之重镇，县城每旬逢一，地址移至东关，昝村逢四，芝川逢九。中华人民共和国成立后乡镇集市有所增加，但县城仍逢一为集。

昔日古城集市的最大特色，是以粮食为主的集市贸易。韩城多山，人称“七山一水两分田”，可耕地少，纵使精耕细作，也难自给，故自古即靠外购粮食维持生计。玉米、小米自县北的宜川、洛川输入，小麦来自县南的合阳、澄城。由于北横大山，南临深沟，路途遥远，运输工具落后，因而有牲畜者用牲畜驮，无牲畜之家只好用双肩去挑。《韩城县志》载：“每岁负担驴骡，络绎不绝，渡沟历涧，风雨雪霜，日夜不绝。”此为贩运状况，至于粮食交易，则在古城东关。东关设有粮食集市，俗称“斗上”（旧时粮食交易不是以秤计重量，而是以斗量体积，故有此俗称）。每日熙熙攘攘，甚为繁忙，而在粮市周围，经营饮食、副食、杂货、土特产者，亦成为粮市不可或缺的组成部分。

关于粮食集市的重要性，《韩城县志》记述得入木三分："富室贫家，率寄饔飧于集市。倘三日闭粜，则人皆不举火矣！"这种粮食集市，直到20世纪50年代初粮食由政府"统购统销"时才告结束。

除了常年的粮食集市外，古城逢一为集的综合性商贸活动仍为韩城地区交易规模最大、交易商品种类最多的传统集市。1973年曾改为逢星期日为集，1976年又复旧制。集市地址，中华人民共和国成立前在东关，中华人民共和国成立后屡经变更。先在东关，后移至北关，后又移至东关，后又移至北关。由于集市占地愈来愈小，赶集人只能在街道、公路两旁占道经营。街道路旁无法进行的牲口、仔猪、自行车交易，只好另设于东关一处洼地之中。

旧时，古城还有一种集市，叫"草市"，地点在北门外西边紧靠城墙的一块空地上。后来，在这块空地的北边建起了民居，形成了巷道，巷名就叫草市巷（今已扩建为草市街）。这种集市，并不进行柴草买卖，而是城市居民的一种交易形式。

过去，城内居民多为商贾及望族富户。但斗转星移，天地沧桑，其经济状况亦随之变化。亦有人家有万贯，也有一时不便，为了家用所需，他们便不得不变卖家中什物。但这些人非常看重自己的身份，既不愿让人知道家中虚实，更不愿让人知道自己竟在从事"末业"，于是，适应市民心理的交易形式便应运而生。每日早晨天快亮时，街巷寂静，买卖者即聚于此，于影影绰绰中小声讨价还价，绝无普通市场的喧嚣之声。到天蒙蒙亮，能认清彼此时，不论成交与否，买卖者即匆匆离散，故当地人俗称其为“鬼市”。

这种交易的特点，一是交易时间短，取其“草草了事”之意，故称“草市”；二是交易场所设于城外偏僻之处，城内人不易看见；三是交易物资多为衣物、古玩、小家具等家中用品，方便携带。

2003 年 7 月 15 日

毓秀桥三百年祭

《渭南日报·龙门特刊》载，在韩城金城以南、毓秀桥以东的澽水上，修了个橡胶坝，在桥下形成了个人工湖。记者称，“橡胶坝扮靓了韩城南大门”“构成了韩城一道和谐亮丽的风景线”。但站在桥上看澽水，西眺，仍是泥沙塞道；东瞻，还是乱石满滩。靠橡胶坝拦住的一洼河水，对地处黄土高坡的韩城人来说，虽算是一处景观，但这洼水对这座诞生刚300年的古桥，却是致命的一击。

何以言之？

毓秀桥建于清康熙四十五年（1706），是一座十孔拱形石桥。经历代重修，保护完好，是韩城市重点文物保护单位（现在已升级为国家重点文物保护单位）。桥下的澽水虽说是韩城境内仅次于黄河的第二条大河，但水量却并不丰。其原因之一是韩城属大陆性季风气候，一年的平均降雨量也只有550毫米左右，加之沿河各段围堰溉田，又有澽惠渠为其分流，所以在旱季，仅有小股水流从桥南北几个孔洞中淌过，即使逢多雨季节，桥下河床的水深也不过大致没至脚踝。洪水一年就那么几次，虽说浩浩荡荡，但却是快涨快落。因此，一年之中，桥下的河床基本处于裸露状态。

桥下的河床西高东低，为了缓和水流对桥基的冲刷，当年在修桥时，就在桥下东西河床铺设了条石，且以铁锭相扣，以求浑然一体。桥西铺设10多米，桥东铺设20多米。河水从平坦的石铺河床流过后，再跌入稍低一级的自然河床之中。这种设计的好处有二，一是保护了桥基，二是为附近居民提供了浣洗之处。朝日初上或夕阳洒金之时，孩子们在桥下的石铺河床上戏水，妇女们在河床边洗衣，其声朗朗，其景融融。

如今拦坝蓄水，情况就会发生变化。其一，因为当年造桥时，并没有想到后人会在此蓄水，因而在其基础的处理上并未按常年蓄水采取相应的措施。如今以水深两米计算，每平方米则要承受两吨的静压力，而这两吨静压力也加大了水的渗透力。原来桥下虽说铺了条石，但毕竟范围有限，且已历经数百年，多已损坏。长期静压和渗水，势必会造成桥基下沉，其结果便是桥身裂缝、倾斜直至坍塌。其二，当年造桥时，尚无水泥，只能以灰土和泥作为黏结剂。桥墩长期在水中浸泡，加上水中其他污染物的腐蚀，灰土会变软变质，其后果也不堪设想。

以上所述仅只是蓄水对桥造成的直接危害，还未论及蓄水对桥两端河堤的侧压与渗透，对南关一带环境和水文地质所造成的影响（据说南关的地下水位已上升，橡胶坝下游城古村的耕地地下水已快升至地面，正常耕作已不好进行）。所以记者说拦坝蓄水将改善周围的生态环境，笔者确实弄不明白将改善什么样的“生态环境”。记得去年北京圆明园遗址管理处为了节水，在湖底铺设了塑料薄膜，以防渗漏。后有人提出异议。几经讨论，为了保护圆明园遗址的原生态环境，最后还是把薄膜取掉了。这件事反映出来的诸多问题，确实值得我们深思。

顺便赘述几句。当年修桥时，桥孔拱顶高于桥南河堤。倘遇特大洪水，桥孔泄洪不利时，洪水便越过南堤（北岸地势稍高），从农田中排走。这样即使部分农田受损，桥却避免了冲毁之灾。这也是300年来，桥基与桥墩完好无损的原因之一。但在中华人民共和国成立前，当局就以防止洪水泛滥为由，加高过桥南河堤，中华人民共和国成立初亦曾有此举。这种做法在一定程度上保护了堤南部分农民的利益，给古桥却埋下了隐患。幸而桥造得坚固，加之加高高度有限，尚未酿成恶果，再加上20世纪70年代在澽水中游修了个薛峰水库，这一隐患才告解除。

稍有文物保护常识的人都知道，大凡一项工程开工，只要涉及文物，必须请文物保护部门参与论证和决策。但这次在毓秀桥东修坝蓄水，韩城市的文物保护部门和名城保护部门均不知其事，施工方对桥基、桥墩和桥南北河堤也未采取任何保护性措施。

这次在桥下蓄水，毓秀桥又面临一次生死考验。

在纪念毓秀桥建成300周年之际，我们不能不为它的前景担忧！

2006年8月13日

注：本文撰于2006年8月13日，澽水桥东橡胶坝落成之时，未能发表。2011年4月，《韩城博苑》杂志征稿，遂从箱底翻出。虽已过时，但作为一种个人观点，仍觉得有重申之必要，尽管人微言轻。

巍山及巍山庙会

在韩城市西南，有一座当地最高的山峰，名曰“巍山”。称其“巍山”，是形容其高，谚曰：“华山高，只到巍山腰。”因巍山在民间口语中念“yù 山”，恰又与“禹”同音，所以后来有人在书写山名时，将“巍山”写成了“禹山”，其实正确的写法应该是“巍山”。

古人非常重视祭祀。祭祀的内容大致分为祭天地和祭宗庙。《礼记》云：“天子祭天地，诸侯祭其域内名山大川。”汉武帝时，由于泰山封禅每五年才举行一次，于是将祭后土定为每三年举行一次。为了便于天子祭祀，汉武帝命人在汾阴（今山西万荣县）建后土祠，其中几次祭祀都是从夏阳古渡乘船东渡，司马迁均奉命侍从。而韩城人则将后土祠建在巍山之巅，与万荣的后土祠一河之隔，遥相呼应，万荣人将他们的后土祠称为“东庙”，将巍山的后土祠称为“西庙”。至于巍山的后土祠建于何时，从当时的实际情况来看，应当在河东的后土祠建成之后，因为天子去汾阴祭祀后土，与汾阴仅一河之隔的韩城地方官员，亦应效仿皇帝，在自己辖域的名山祭祀后土。

古人将土地神称“社”。《礼记·祭法》：“共工氏之霸九州也，其子曰后土，能平九州，故祀以为社。”张士佩在《韩城县志》中说：“人食地之毛而春祈秋报，此乡社之礼。”故人们每年春秋祭祀后土两次，并将祭祀之日称为“社日”，后来衍称为“庙会”。

皇天后土，也称“乾坤”，是人们对天地的尊称。古时江淮方言将“母”称“社”。因各地汉语文字一脉相通，古秦晋百姓也将“坤”称为“母娘”。久而久之，人们便将“后土祠”称为“娘娘庙”，祭祀也便由祈五谷丰登渐变为祈子衍嗣了。对于此举，明人张士佩在他纂修的《韩城县志》专有记述。但不论是祈子还是祈福，巍山每逢庙会，不但韩城市民竞相前往，而且周边合阳、黄龙等县的民众也纷至沓来，鼓乐助兴，百物交流，成为韩城西南地区最盛大的社祀活动。“巍山之庙之祀，其尤一方之所辐辏者乎”，张士佩记述了庙会规模之大；清人傅应奎在续编《韩城县志》时，更增添了“宋真宗祈嗣于此”的传说，足见巍山知名度之高。

巍山因其雄伟葱茏，故“高门巍岫”曾为韩城昔日八景之一。山上的标志性景点，一是有一座铁瓦庙，其次便是传说大禹亲手栽植的那棵五人才能合抱的千年古柏。铁瓦庙惜毁于抗日战争时期，但后土祠遗迹尚存。至于那株古柏，在经历了今春一场大火的劫难之后，虽部分枯槁，但仍顽强地活着。

中华人民共和国成立后，由于“破四旧”等原因，巍山庙会几乎消泯。由于这个庙会比较古老，其文化和经济意义也非同一般，为了保护传统文化，发展韩城旅游，期待韩城恢复巍山古建筑及庙会活动。

2007 年 6 月

韩城的元代建筑

韩城现存元代建筑，与周边县市相比较多，从而成为韩城古建领域的一个特色。这个现象，便引发了韩城文化与元代有关的许多“传奇”。

韩城元代建筑到底有多少

有文章说，韩城境内有元代建筑 32 处，约占全国六分之一。但是我细查了一下《韩城文物志》，只有 15 处。李平新、贺林、许艳在《韩城元代建筑搬迁保护工程》一文中，说“韩城能确定年代的元代建筑 17 处”。与前面说的 15 处相差无几。贺林是韩城人，现任陕西古建研究所副所长、陕西文化遗产研究院副院长，所写资料具有可信性、权威性。

既然是 17 处而不是 32 处，那占全国总数的比例也就不是六分之一了。韩城元代建筑，与周边县市相比确实较多，但与山西相比，无论其数量、体量还是质量，还存在一定的差距。文物界有个共识，“看地下文物去陕西，看地上文物去山西”。李会智先生在《山西现存元以前木结构建筑区期特征》一文中，对晋北、晋中、晋东南、晋西南等地区的元代建筑特色作了详细说明，其中对各地区的典型建筑举例就提到了 13 处，这还不是对元代建筑总数统计。山西一省如此，其他各省又如何呢?

因为有人撰文，说“元代百余年间，把大规模建设寺观庙院，作为元代文治的一项重要国策”。既然作为“国策”，那全国各省就应有不少的元代建筑，岂能让韩城一个县就占了全国的六分之一！

金代建筑凤毛麟角

就在人们大谈元代建筑时，西安设计大联盟一位女士问我，韩城为何不见金代建筑？我说，金代及其以前的建筑都让元代蒙古士兵给烧毁了。何以为据？因为当时的蒙古人是北方一个游牧民族，自汉代起就不断南侵，与汉王朝长期处于对立状态。他们强大之后，就大规模发动对外战争。他们侵犯西夏国时，遇到了西夏人的顽强抵抗，成吉思汗就死于西夏人之手。他们攻克西夏城后，即杀光西夏人，烧尽建筑物，一夜之间，西夏王国便在地球上消失了。这是陕北一位知名作家在一篇文章中写到的。

元军攻克韩城，是在消灭西夏后的第三年。在占领中原地区之后，根据宰相耶律楚材的建议，将杀人圈地改为向汉人征收税赋。清末韩城知县张瑞玑编纂的《韩城县乡土志》载：“金哀宗正大六年（1229），蒙古兵自龙门渡河，拔韩城。次年，元兵复大至，纵兵蹂躏，掳掠一空，兵事最惨。”元朝时，韩城人口锐减，就在元朝统治韩城130多年后，又经过明代240多年的大移民和休养生息，一直到明万历年间，邑人张士佩在他编纂的《韩城县志》中，所记录的韩城人口仅为56000余人。我们不知道元兵当时烧毁了多少建筑，现在能看到的，仅为烈士陵园的古塔和铁钟。难道在元兵到来之前，韩城就无大型公共建筑？

元代建筑并非元人建筑

元军烧杀抢掠之后，幸存的韩城人要生存，就得重建房屋；要坚守自己的民族文化，就得重修庙宇寺观。于是他们鸠工庀材，或以一村之力兴建，或数村数社联合修建。在我们现在能看到的元代建筑中，没有一处是元政府投资修建的，而全属民间建筑。这从其建造碑记中便可看得一清二楚。从其类别来看，有祀汉族英雄人物的大禹庙、关公庙，有奉道家文化的紫云观和高神殿，有崇佛家的普照寺等，并没有喇嘛教寺院。从其建筑形制来看，元代建筑承袭了宋金建筑风格并有所发展。因此，元代建筑只是古代建筑发展到元代时的一个文化现象，并非元人建筑。李会智先生研究发现，元代民间建筑多采用自然圆木和大量弯料，构件制作粗劣，建造手法随意而粗糙，这大抵受当时财力物力所限，在建筑活动中多为集资集材，且选用当地一般工匠之故。从这个现象中，也反映出当时经济文化发展缓慢，建筑业亦处于凋零状态。

有一篇文章在描述元代建筑时写道："韩城现存的寺庙道观，基本上是在忽必烈登基以后建筑的。"是吗？难道在作者看来，韩城除了元朝，再无历史？

韩城元代建筑并不多

根据韩城市文物部门提供的最新数据表明，韩城有国保文物 17 处，省保文物 33 处，市保文物 93 处，不可移动文物点 947 处，位居陕西省县市前列。如元代建筑按 17 处计，只占韩城被列入各级文保单位总数的12%，可以说，韩城古建筑的主流还是明清建筑。明清建筑之多、之精致、之遍布，为韩城赢得了“关中文物最韩城”的美誉。由此可以看出明清时期的政治生态和经济文化的繁荣，元代与其无法比拟。

看事物不可以偏概全。说韩城元代建筑比周边县市多，但韩城明清建筑比省内其他县市更多。其中之原因，是韩城自战国卜子夏教衍西河起，儒文化就作为主流文化在韩城广泛传播，而儒家思想的核心便是“有为”“入世”。在这一思想的指导下，韩城人“南敦稼穑、北尚服贾”。特别是北原人，通过经商，发展了经济，积累了财富，并以此而促进了文化的发展。正是这样富饶的经济加上发达的文化，不但创造了韩城历史上文明的发展，更使韩城文化在明清时期步入高峰。在这个时期，韩城不但人文荟萃，寺观庙院、塔亭楼阁更是遍布川原。所以说，韩城古建筑是发达经济与鼎盛文化的结晶。

有发达的文化，不但有了持续的创造力，更有了保护文化的自觉性，司马迁祠墓几十通历代重修碑记便是明证。所以说，韩城能存留这么多的文物古迹，皆为百姓之功。

2009年8月19日

从猪肉臊子馄饨的传承谈传统文化的保护与发扬

韩城历史悠久，物产丰富，文化发达，被国务院命名为第二批国家级历史文化名城，自古便有“文史之乡”的美誉。在社会主义市场经济蓬勃发展的今天，随着信息传播的便捷，人员交流的频繁，不同文化之间的碰撞、交流和融合，传统文化渐被淡化，具有特色的地方文化加剧消亡。因此，国家在前几年便出台政策，鼓励各地挖掘和保护具有代表性的非物质文化遗产。在这方面，韩城做了大量的工作，成绩显著。但与韩城这个经济文化发展迅速的地级市的宏观形势相比，我们在挖掘、保护传统文化和地方文化方面，还有大量的工作要做。特别是韩城被列为全省计划单列市试点后，韩城将面临新的机遇和挑战：经济发展的步子将进一步加快，产业结构调整的力度将进一步加大，韩城的政治、经济地位将进一步提升，韩城对外交流的大门将进一步敞开。在这种形势面前，韩城向外展现的，不只是经济的繁荣这个硬件，还应展现韩城深厚而发达的文化这个软件，这样才不辜负“文史之乡”“史圣故里”之称号。因此，要把韩城的文化发扬光大，保护、利用好地上地下这种有形的物质文化遗产是必要的。同时，发掘和活化非物质文化遗产更是刻不容缓。因为这些非物质文化遗产是先人留下的一笔财富，我们把它传承下来，既上不愧于祖先，下不怍于子孙，又可为文化产业的发展提供强有力的支撑。为此，本文以韩城猪肉臊子馄饨的传承为例来谈传统文化的保护与发扬。

猪肉臊子馄饨是遍布韩城城乡的一道地方名吃，每遇过年、娶嫁寿诞、建房乔迁、生意开张、升学谢师等庆祝仪式，人们均以猪肉臊子馄饨为早餐招待来宾。以此种食品招待客人，全国唯此一家，因而它具有典型的独特性。每吃臊子馄饨，不论城乡，不论老幼，就餐者达数百人之多，其受众面之广，在韩城的非物质文化遗产中，位列第一。一年四季，春夏秋冬，城乡之中过事者绵绵不绝，因而臊子馄饨摆上餐桌的机会不断增加。其在日常生活中的延续性之强，在韩城非物质文化遗产中，名列前茅。这就是本文以臊子馄饨为例谈传统文化保护与发扬的主要原因。

近年来，随着各种庆典活动的频繁，臊子馄饨的市场化操作，这种在以往被视为美味佳肴的地方小吃已呈现出质量下降之势。具体表现在：一是汤料、调料品种在减少，缺少了原生态的风味。二是馄饨捏得不合工艺要求，任你用开水再焖，它总是面疙瘩一堆。有人曾说过，早上吃一碗馄饨，到中午还觉得心口顶顶的。所以，外地人对臊子馄饨不感兴趣，只说它是“面疙瘩”。韩城人虽还有些恋旧情结，不像外地人那样贬称它，但每逢餐桌相遇，都对这种食品的现状颇有微词。

之所以出现这种局面，一是市场效应。经营者为了追求利益最大化，不惜采用偷工减料或粗制滥造的手段来应付消费者。二是经营者对这种具有深厚文化内涵的地方传统小吃只学其皮毛，缺乏理性的认识，心中没有正宗的标准，因而也就随意而为。

正是以上原因，所以猪肉臊子馄饨除了过事被当作大众性的早餐外，在韩城城乡，专营猪肉臊子馄饨的饭馆极少。可见，经过几十年的非理性“传承”，臊子馄饨已几乎失去了它的品牌价值。这种现象，不能不令人反思。

为了使人们对韩城猪肉臊子馄饨有一个正确的认识，我们有必要溯源清流，以文化的眼光去重新审视这朵千年民俗之奇葩；我们更有义务把这种优秀的食文化传承下去，让韩城人引以为自豪；我们还有责任把它推出韩城，使四面八方的人从中领略韩城古老而深厚的食文化，为韩城猪肉臊子馄饨在国内美食之林、世界美食之林争得一席之地。

猪肉臊子馄饨的渊源及发展

韩城历史悠久，旧石器文化遗址禹门洞穴的发现，证明在五万至八万年前，我们的先民就在这里生活。而遍布市境的 24 处新石器文化遗址，说明在 4000 至 6000 年前，这里就成为黄河文化的发祥地之一。《诗经》中“奕奕梁山，维禹甸之”的记载，证明我们的先民曾在这里战胜穷山恶水，开辟出一片新天地；西周初年，周武王的一个儿子分封在此地，开始了韩城有建置的新纪元。春秋初期，在现芝川镇周围地区，曾存在过一个梁国，在现昝村镇周围，曾存在过一个北芮国。在南北不到百里的土地上，能同时存在两个诸侯国，足以证明韩城经济、文化发展之早。特别是在梁带村古墓中出土的各种精美绝伦的器物，不但显示了北芮国人高超的手工艺以及他们在物质文化、社会文化、精神文化方面的独到之处，也从一个侧面证实了他们在食文化方面达到了食不厌精、脍不厌细的地步。按照经济文化相互制约、相互统一、相互促进的基本原理，我们可以断言，韩城的食文化，在春秋时就已达到了相当高的水平。

韩城地处黄河流域，西倚梁山，东临黄河，其地形地貌为“七山一水两分田”。耕地面积虽不大，但却为肥沃的黄土台塬和川道。在韩城的历史进入农耕社会之后，我们的先人便在台塬种植以小麦为主的粮食，在宽广的二十里川种植以白菜、萝卜为主的蔬菜（这两种菜在当地种植，质量好，产量高，且宜长期储存，为农家必备之菜），在家中养猪以供肉食。这里应当说明的是，猪的养殖，早于农耕文明，除了许多出土于仰韶文化时期的陶猪圈可作证明外，我们祖先发明的“家”字，亦可说明问题。“家”是一个象形字，上边是“宀”，是房子的形象，下边的“豕”就是猪。在古人的理念中，房子内有猪，才算家，足见猪的养殖之早和先民对养猪的重视。

有了小麦面，萝卜、白菜和猪肉，加上村村都有人会做豆腐，便催生出猪肉臊子馄饨这种地方小吃。用文化的眼光去审视这种小吃，其一，它是韩城早期封闭的农耕文明的产物；其二，它彰显出昔日韩城粮食、蔬菜、养殖并重的经济特色。以民俗学的理论去解释，小至一种地方小吃的出现，大至一个地方民俗的形成，都是由这里的历史、地理、气候、物产、文化等因素决定的。

猪肉臊子馄饨的发展经过了两个阶段。第一阶段，是我们前面说过的阶段。这个阶段，是猪肉臊子馄饨的原生阶段，是典型的农耕文化的产物。

明代以后，韩城的经济有了长足的发展，主要是北原的商业经济发展迅猛。韩城北原地狭人多，人均耕地面积较小，但却靠近煤炭、石材资源丰富的山区，因而挖煤、烧造、石材加工等工商业便渐渐兴起。在此基础上，受晋商的影响，加之又有黄河航运之便，于是，北原的对外贸易和出外经商又渐成气候，其足迹遍及陕北、陕南乃至辽宁、河南、湖北、甘肃、宁夏等地，所以明末编纂的《韩城县志》论述韩城经济特点时，便以“南敦稼穑、北尚服贾”概言之。

商业的发展，不仅改变了北原的经济格局，而且促进了人们消费观念的转变。因为商人外出经商，接触最多的是当地的食文化。经过比较选择，他们把当地一些特产带回本邑，久而久之，便促进了本邑食文化的丰富和提高。表现在臊子馄饨中，最明显的就是增加了金针（黄花，下同）、海带和木耳。海带产自沿海，昔日之金针与木耳来自南山（即秦岭），没有商人的引进，这几样外埠物品是上不了我们餐桌的。通过这种现象，我们可以看出，它不仅仅是在汤料中增加了两三种菜蔬，更重要的是突破了封闭，给纯农耕风味的臊子馄饨增加了山珍海味，使其增添了商业文化的色彩。这是一种质的飞跃。一种地方小吃，能在600多年前就打破固有的烹调概念，吸收邑外食文化的精华，不但说明了韩城人思维方式的开放性，而且也标志着韩城人把猪肉臊子馄饨这种地方小吃推向了一个更高的层次。这种引进，也使韩城人形成了一种共识，即没有金针、木耳、海带，就不能称其为臊子馄饨。所以昔日韩城乡民农历年终置买年货时，首选之物便为金针、木耳、海带。

商业的发展，也促进了文化的发展，从明至清，韩城的文化呈现出空前的鼎盛。读书人之多，得功名人之多，做官人之多，在当时的中国北方，屈指可数。“一母三进士，一举一贡生”就出现在明末的解家村，“朝半陕，陕半韩，韩半解、卫”也是明末韩城士风醇茂的真实写照。清代相继涌现的祖孙巡抚、父子御史、状元宰相，更是延续了韩城文化的辉煌。

读书的人多了，出外做官的人多了，势必会给韩城文化增添士文化的元素，韩城之所以被称为“小北京”，就是因为韩城人的衣、食、住、行、用都受到了京城文化的影响，臊子馄饨的演变也不例外。士文化注重礼仪。在他们看来，臊子馄饨既然文化内涵丰富，为韩城食文化之代表，那就应突出高雅的仪式感。于是，在食用过程中，便增加了若干礼元素。一是食用时用五彩细瓷碗、楠木或乌木筷子（无此条件者也至少用蓝边细瓷碗和红漆筷子）；二是在餐桌上增加了一小碗淋入少许香油、酱油的米醋和四碟小菜（如酱笋丝、糖醋蒜片、韭花泥、腌制的蒜薹）以佐餐；三是无论上小菜还是上饭，一律用红油漆盘子。这就大大增加了臊子馄饨的文化含量，雅化了用餐形式。所以在以前，城乡各家差不多都备有细瓷碗盏和红木筷子，专为过年待客用。

士文化对臊子馄饨的另一影响，则是出现了“过桥馄饨”。这种馄饨，无论是内在质量上，还是食用方式上，都把臊子馄饨推向了一个更高的层次。

“过桥馄饨”与普通馄饨的区别如下：一是馄饨要捏得小，俗称“针尖馄饨”。二是汤料要更精。这种汤中，摒弃了白菜、豆腐等大路菜，加入了鱿鱼、海参、香菇、口蘑等山珍海味。三是吃法不同。其程序为：六人一桌，开口席，客人坐好之后，先上四碟小菜、醋碗及筷子，再将用开水焖软的馄饨盛入品碗中，上漂一煮熟的整个菠菜，放入漏勺，置于餐桌中央。然后将臊子汤盛入细瓷中碗（多为豆青瓷），用油漆方盘端上，由侍者一一调入米醋，然后给每个汤碗中舀入适量馄饨，便开始食用。吃完之后，第二轮，汤不变，主食换成煮熟的挂面。只上两轮，便告结束。这种吃法，不重主食数量而重在品汤，重在整个用餐的仪式，体现出典型的士文化色彩。所以说猪肉臊子馄饨发展到“过桥馄饨”，已不只是农商文化的产物，而是农商文化和士文化的典型代表了。清康熙年间编纂的《韩城县续志·风俗志》指出：“韩风之奢也，一起于士，一起于商。”这就是说，士和商在民俗的形成过程中，起了引导和推动作用。正因为这种食品在质量和形式上提升了档次，所以成为昔日上流社会用来招待宾朋的佳肴，而普通之家较为少见。一是缺乏购买山珍海味的经济实力。二是缺乏加工山珍海味的烹调技术。三是缺乏高雅而齐全的食具。有人曾说，“过桥馄饨”是为了招待新女婿，其实这种说法并不准确。因为正宗的“过桥馄饨”，有其特定的内容及工艺，不是谁想“过”都可以“过”，缺乏经济和文化，是无法享用这一美味佳肴的。无论过去还是现在，大凡结过婚的男人，都做过新女婿，但能有几人吃过“过桥馄饨”？

还正宗猪肉臊子馄饨的本来面目

前面谈了猪肉臊子馄饨的起源与发展，为使读者对这种历史悠久、文化内涵丰富而又独具地方特色的地方小吃有个全面的认识，现在我们再来介绍一下猪肉臊子馄饨的制作方法，以给读者提供一个辨别正宗与伪劣的标准。

猪肉臊子馄饨的制作分两个环节。

第一个环节，是捏馄饨。

先挑选未空心的白萝卜，洗净，礤（cǎ）成丝，在开水中焯软，用冷水浸凉，然后捞起，放在干净的纱布中拧干水分，剁碎，放在盘中摊开，让其耗去多余水分待用。用时调入适量食盐与十全大料面。

将优质小麦面用水和成软硬合适的面团，盖上干净的湿纱布让其饧（xíng）两个小时，然后擀面切片。

面片薄厚要合适均匀，大小一寸见方。制作时，在面皮上放少许白萝卜馅，由下向上折起三分之一，再向上折一次，然后以一手之中指为轴，用拇指和中指将两端捏合，一个挨一个排列在箅子上，外圆中空，形如坐佛。捏完后上笼蒸，熟后趁热用簸箕簸出其蒸气，再摊在干净的布单上晾凉，待凉透后置于瓦瓮（旧时农村盛面之容器）中待用。瓦瓮透气，将馄饨置入其中不易霉变。

为什么要在馄饨中包少许白萝卜馅？其中一个原因是韩城人认为不管做啥，都要有心，而且心不能空，必须是实心。像韩城花馍中的枣祸瑚馍、寿桃馍一样，中心必须包个红枣，以示有心。其二，当地川道盛产白萝卜，且产量高，质量好。白萝卜营养丰富，自古便有“冬季萝卜小人参”之说。其礤成丝晒干后，易贮藏，一年四季均可食用。这是其他蔬菜不可比拟的。有人说为什么不包肉馅，这是因为馄饨还要浇上以猪肉臊子为主的汤料，再包肉馅，显然就有些荤素搭配失衡了。

第二个环节，是备臊子汤料。

先是脔猪肉臊子。把猪肉切成八分见方的薄片，炙（zhì）

去其多余水分，锅内放入油，先大火翻炒，后加入面酱，十全大料，然后以小火炖焖，熟后置入瓷盆中待用。

其次是备其他菜蔬。主菜为白菜、豆腐、油炸腐丝、黄花、木耳、海带；漂锅菜为菠菜、大葱、韭菜；调料为生姜、食盐、胡椒面、酱油、香油等。

在切各种菜蔬时，刀法及形状不一。要有丝有段，有丁有片，如白菜、油炸豆腐要切成粗丝，海带、葱白要切成细丝，金针、韭菜要切成段，白豆腐要切成丁，木耳、菠菜要切成片，生姜要剁成末等。

食用时，支两口锅，一口盛开水，焖馄饨；一口烩臊子汤。

烩臊子汤的原汁汤，最好用鸡汤或骨汤。汤烧开后，先放入姜末，再依次放入猪肉臊子、油炸腐丝、白菜、海带、黄花、木耳、白豆腐等。待汤冒起后放入漂锅菜，再调入适量食盐、胡椒面、酱油、明油、香油即可。注意，臊子汤不可滚煮！因为滚煮会破坏汤料的色形和味道。

随着经济的发展和交通条件的改善，各种邑外物资逐渐输入韩城，到后来，人们又在汤中添加了诸如虾米、口蘑、香菇等辅料，更加丰富了臊子馄饨的传统风味。应当强调的是，在汤料细菜不断增加的现代，有白菜，也只宜放入少量；没白菜，无伤大雅。白豆腐丁也不宜多。因为豆腐和白菜躁味大，用得多了，会影响汤的味道。为了减轻白菜、豆腐躁味对汤味的影响，在入臊子汤前，最好先在开水中焯一下。

将事先蒸熟的馄饨在开水锅中焖软，盛入碗中，浇上臊子汤，调上米醋，即可食用。

猪肉臊子馄饨的特点：一是注重主食和副食中各种蔬菜的

搭配，突出了营养多样化。二是注重荤素搭配，有肉、油而不腻，菜蔬多而味不杂。三是调料不使用辣椒，口味清淡，五味调和，体现出这种食品悠久的历史和儒家平衡、中和的中庸之道。四是食具精致，用餐过程讲究，体现出韩城人对礼仪的追求。而为时人乐道的饺子，不过面皮包肉馅、煮熟即食而已，其选料，制作工艺，成品的色、形、味、香及文化含量，远不能与猪肉臊子馄饨相比。所以，用猪肉臊子馄饨待客，是韩城人的不二选择。

结束语

笔者撰此文的目的，是想通过对典型民俗现象的研究，体现韩城历史的悠久和文化的广博；想通过对一种地方小吃的传承，说明抢救地方非物质文化遗产的重要性；希望抛砖引玉，以唤起更多的有识之士对地方传统文化的关注；更希望韩城在新形势、新机遇、新发展的大潮中，随势激起的，不仅有经济之浪，还有文化之涛。

2012 年 6 月 8 日

注：本文原为《韩城日报》特约专稿，收入本书时有所修改。

莫在圣祠弄斧斤

今年 3 月，在某单位举办的 2012 壬辰年征集司马迁祠楹联及民祭大典祭文活动中，主办方不但将一位作者的“对联”评为特等奖，还拟将其制成板联，悬挂于司马迁祠“高山仰止”牌坊两侧。但我认为，此联并非佳作，还是以暂缓制作和悬挂为宜。

该副对联的文字为：“苇编秦汉无双士，信史中华第一人。”

先从立意上讲，此联了无新意。明代开国皇帝朱元璋曾赠其大臣陶某对联一副，文曰：“国朝谋略无双士，翰苑文章第一家。”韩城文士李寿山在中华人民共和国成立前曾给司马迁祠写过一副对联，内容是：“文苑侠风无双士，笔姿疎爽第一家。”类似这种从立意到遣词都近似的联语，从清朝到民国，还可找到例证。我不敢说该联有模仿之嫌，但至少可以说落了旧套，似曾相识。

再讲联意。在上联中，作者如果把“苇编”比作《史记》的话，那就不仅是“秦汉”无双士，隋唐有没有？宋元有没有？明清有没有？可以说是“古今”无双士，而不仅仅是“秦汉”无双士。作者把《史记》这部巨著的价值仅置于中国历史长河中的“秦汉”，未免太低估《史记》和司马迁了。

下联，作者说“信史中华第一人”，也颇有商榷之处。说

《史记》是信史，没错。因为它是司马迁在整齐百家之语的基础上，加上自己的游历和考证，才写成的书。但在司马迁之前，春秋时的齐太史直书“崔杼弑庄公”，遭崔杀头；其弟又书“崔杼弑庄公”，又遭杀头；其三弟仍书“崔杼弑庄公”。在为了维护史实而不怕杀头的齐太史兄弟面前，崔不再杀了。他终于悟出，人可杀，但史实不可更改。晋太史董狐直书“赵盾弑其君”，孔子赞其“古之良史也，书法不隐”，是秉笔直书的史家。而要说“信史”，孔子整理的《春秋》是不是信史？左氏的《国语》是不是信史？等等。所以，要说信史，司马迁不是第一人。作者这样评价司马迁，有悖于史实。

再论写作技巧。作者这副对联，像是一副流水对。上联说书，说《史记》；下联说人，说司马迁。但上联的“苇编”喻书，书能有“双士”吗？词语搭配不当。下联以“信史”拟人，指代也不准确。另外，作者在下联中以“第一人”去对上联中的“无双士”，似乎还犯了对联创作中“合掌”之大忌。

这副对联的最大问题是“苇编”二字。据辞书解释，“韦”是熟牛皮，古时把竹简用熟牛皮串联在一起，称作“韦编”，后人以此指代书籍。而作者却用了个“苇编”。“苇”是长在湿地的一种植物，人称“芦苇”。把芦苇用麻绳织在一起，就是人们日常生活中用来晾晒棉花、干菜的箔子。如果作者拟以“韦编”指代《史记》，那就写了一个错字，把“韦”写成了“苇”字。一字写错，整个词的意思也就变了。否则，“箔子”怎能指代《史记》？如果作者认为字没写错，那“苇编”指什么？作者在撰写此联时，肯定会有高见告知评委，但对于普通百姓来讲，却是鹿马难分。不过，编箔子这手艺，从秦汉到现在，还是代有人出。在韩城，在靠近濃水的周村，随便就能找到几个。如果是这样，上联就难以自圆其说，从秦到汉，全国难道还找不到第二个会编箔子的人?

所以，从严格意义上讲，这副对联不但算不上佳联，甚至连普通对联的标准也达不到。把它评为特等奖，是主办方的权利，但要把它堂而皇之地挂在司马迁祠，对史圣来说，恐怕就有不敬之嫌了。

司马迁祠墓始建于西晋永嘉三年（310)，历代文人墨客，或诗或联，不少佳咏。中华人民共和国成立后，虽为司马迁祠多次举办过征诗征联活动，然畏于史公之人格文名，均未有作品冒然刻板悬挂。

司马迁是中国的“史圣”，是世界文化名人！司马迁祠是韩城的文化圣土，是韩城人心中的圣洁殿堂。韩城是中国历史文化名城，是“文史之乡”！

请不要在司马迁祠前班门弄斧!

2012 年 6 月 12 日

注：此文曾刊载于《龙门映象》杂志。

羊肉饸饹市场兴衰的思考

在韩城人传统的饮食习俗中，清淡型的饭菜曾为主流，如大菜系列中的“十三花”“八大碗”和“火锅挎四碗”，饭食中的“猪肉臊子馄饨”“羊肉饺子”等。但自从辣椒于清嘉庆、道光年间传入陕西后，以辣味见长的羊肉饸饹却成为韩城饮食之林的一朵奇葩，深受当地人的喜爱。所以，在中华人民共和国成立前乃至中华人民共和国成立之初，邑内主要乡镇姑且不论，光金城大街从学巷口到西街口不到百米的街道上，羊肉饸饹摊子就有四家（当地人以前把羊肉馆称为“羊血店子”，把羊肉饸饹馆称为“饸饹摊子”）。在当年的金城大街，羊血店子多，饸饹摊子多，成为市面一道独特的风景。

过去的饸饹摊子与羊血店子经营各有特色。一是羊肉卖得早，天刚明，羊血店子就开始营业。日上一竿，即告售罄。而饸饹摊子开门较迟，营业时间为白天和傍晚。特别是傍晚，顾客多为士绅、生意掌柜的和住在城内的上流社会人士，他们既是各种美食的消费者，更是其质量的评判者和舆论的制造者。为了在这个消费群体中扩大知名度和美誉度，一到傍晚，各家饸饹摊子都把压饸饹的床子换成细面床子，臊子汤则清锅另烩，比白天的汤油水重，臊子多，又加入适量“酱底子”（臊子腐好置入盆中时，锅底剩余的油水俗称“酱底子”，这种油水五香调料味特别浓）以增加汤的美味。另还开设雅间以供有身份的人就餐。这时，各家大堂灯火通明，迎客送客的吆喝声此起彼落，食客进进出出，成为晚上街道的一道景观。晚上食客的多少，往往成为白天生意兴旺与否的风向标。

为什么韩城人对羊肉饸饹情有独钟？这还得从民俗的形成过程去探微。笔者在一篇关于韩城猪肉臊子馄饨的文章中曾讲过，韩城的地形地貌为“七山一水二分田”。在川原地区，以种植小麦和蔬菜为主的农业经济催生了“猪肉臊子馄饨”这种具有鲜明农耕经济特色的小吃名品，所以以林牧为主占地百分之七十的山区，也应具有山区饮食文化特色的小吃，于是，羊肉饸饹便应时而生。因为山区牧业发达，牧什么？牛在封建社会是农民重要的生产工具，历朝政府皆禁宰牛（少数民族例外，但其宰牛也得经过当地政府审批），所以只能是牧羊。韩城产羊多，羊皮、羊毛质量也好。据清光绪年间编写的《韩城县乡土志》载，羊皮、羊毛每年都出口到海外，销售额各达两千两白银，成为韩城鲜有的出口物资。有了大量的羊，便形成了韩城人爱吃羊肉的习俗。在过去，除了遍布于城乡的羊血店子外，集会上卖饺子的都是羊肉饺子，尤其是八月十五这天，韩城人家家必买羊肉，或吃包子，或吃饺子，或吃胡饽。所以，每年的中秋节，几乎成了韩城人的羊肉节。有了羊肉的普遍消费，也就为羊肉饸饹的产生创造了条件。

最好的羊肉是产于上峪口的羊肉，据说这里的水含硫较多，羊肉不膻。

随着后来对山区的过度开发，也随着各个时期发展山区经济指导思想的变化，山区的牧业逐渐萎缩，以至于到现在，韩城所需的羊肉还得从陕北购买。但韩城人喜食羊肉之风，却未稍减。这与元朝的统治没有关系。因为韩城有建置的历史是为西周之初，百姓喜食羊肉之风早已形成。

山区多坡地，土壤也相对瘠薄。由于地理条件和气候条件的限制，种植小麦，产量及质量不高，故多种杂粮。但在诸多的杂粮中，当地居民为什么选用了荞麦面压制饸饹呢？究其原因，一是荞麦属粗放管理型作物，它对土壤质量要求不高，耐干旱，且生长周期短，六七十天就可以收获，特别适合在山区坡地种植。播种前，整好地，不用施肥，将荞麦撒播在地里就行了。苗出来后，用锄头间开稠密拥挤的苗，除去杂草，就等收获了。二是荞麦性凉，羊肉性热，二者搭配，做到了凉热互补，阴阳平衡。三是荞麦生长时间短，用其做成的食物易消化，营养成分低，配上营养丰富而较难消化的羊肉，从营养学讲，也是一种科学的搭配。

有了羊肉，有了荞麦，原生态的羊肉饸饹便产生了。

这种饭食传到川原地区以后，再给其调料中加入辣椒，给以小麦为主食，猪肉、蔬菜为副食的清淡型食文化增添了一道风味迥异的佳肴，很快为川原地区的民众所接受。于是，经过一代又一代的改进，便成了现在色、香、形、味俱佳的又一地方名吃。

色：它选用了产于苏村的辣椒作汤料。这种辣椒色泽好，辣味适中，经过处理能突显红而不辣的特点。另外，在红色的肉汤中漂上葱花，在盛好的饸饹上再放一小撮腌制的韭菜，红、白、绿互相搭配，呈现出悦目的色泽和谐之美。地道的大葱，产于板桥镇的竹园村，这种葱，味尖，皮薄，漂锅不沉。

香：在脔羊肉臊子时，使用了韩城传统的十全大料和面酱，以突显肉的香味；在用羊油炒辣椒面时，先将羊油加热，稍凉后用醋激，以祛羊油中的膻气，再倒入辣椒面，放在微火上慢炒。炒的目的一是去其暴烈辣味，二是要将辣椒中特有的辣香炒出来。这是一道关键技术，炒过火了，辣椒就会发黑变苦；炒不到火候，刺舌的辣味去不掉，辣椒的香味也炒不出来。

形：羊肉饸饹用料不多，但也讲究外形之美。它在荞麦面中加入适量陕北出产的沙蒿面（每百斤加 5 斤为宜），压出的面细长而筋道，盘在碗中如一窝丝；它要求将 1 斤羊肉切成 60 小块脔制臊子，浇汤时将臊子块置于饸饹面团之上；它要求汤长，对饸饹形成“水围城”之势。

味：韩城羊肉饸饹与外地饸饹的最大区别是在荞麦面中加入了沙蒿面，因而饸饹具有明显的沙蒿味；其汤看起来红油一碗，实则红而不辣，又加入了酸味适中的米醋，品起来酸辣可口，加之漂有葱花和腌制的韭菜，更增加了汤的美味。

羊肉饸饹不仅重辣，其他调料的使用也相对厚重。喝一口汤，酸、辣、咸、香、油五味俱全，对吃惯了清淡型饭食的当地人来说，走集上会或进城办事，吃一碗羊肉饸饹，既可解口腹之欲，又是一种精神享受，且价钱不贵，这就是羊肉饸饹深受民众欢迎的主要原因。

羊肉饸饹的传统吃法，是买一个软蒸馍就着吃。这种搭配有其讲究。其一，羊肉饸饹汤多面少，只能满足味觉上的享受，却难解决饱腹问题。加一个馍，便增加了主食。其二，羊肉饸饹调料厚重，尤其是辣椒多，羊油多，吃一口面或喝一口汤，再吃一口馍，可中和酸辣油对舌头的刺激，调节口感，恢复味蕾对这种美食的感受能力。其三，吃完面将馍泡在汤中，馍块能迅速吸收汤中的辣椒油。吃下馍块，既将碗中精华全部入肚，又不浪费汤料。所以，吃饸饹就蒸馍是前人在长期的实践中总结出来的最佳组合，既经济实惠又有科学道理。故在过去的饸饹摊子旁边，必有一家卖蒸馍的。按行规，要在人家的饸饹摊子旁卖蒸馍，就要给人“进贡”，多是以馍相赠，否则，人家就不让你在他这里卖。

近年来，有人在谈及吃羊肉饸饹时，却把它与芝麻烧饼拉在了一起，说什么吃羊肉饸饹就上一个芝麻烧饼，是如何如何地好吃。这种说法其实多是附和而言。究其原因，一是对昔日的饮食习俗知之甚少。二是缺乏饮食文化的基本常识。试想，羊肉饸饹口味浓厚，芝麻烧饼也是油、盐、调料味突出，将这两种食品搭配就餐，无论从哪个角度讲，都不是最佳组合。

我们生活在一个历史悠久、文化发达之地。我们的前人，不仅给我们留下了丰富的物质文化遗产，还给我们留下了丰富的非物质文化遗产。在食文化的继承、发展和创新中，他们注重荤素搭配，注重主食与副食搭配；在选料上，注重热性与凉性搭配，注重阴阳平衡；在食品外形和内在质量上，注重形、色、味、香合理组合，给人以感官上的愉悦和满足。猪肉臊子馄饨和羊肉饸饹就是这方面最典型的代表。如同中药中的“六味地黄丸”和“防风通圣丸”一样，经过千百年的临床使用，已证明其确为配方合理、服之有效的经典良方，后人就再不用修改，只需如法炮制就行了。

然而时下的羊肉饸饹现状并不乐观，一是不断变化的商业经营体制，对传统小吃的传承造成了影响。二是随着经济的迅速发展，东西南北各地的饮食文化不断在这里传播、扎根，对当地的饮食文化形成了挤压之势。在激烈的市场竞争面前，在人们求新求异的消费趋向面前，羊肉饸饹不但失去了其市场主角地位，而且市场份额也越来越少了。三是多数从业者为了挣钱，半路出家，未得真传，故而在用料方面随意而为，脔臊子不用面酱，调汤使用味精，使传统风味打了折扣。四是有些从业者为追求更多利润，偷工减料或不用地道原料，如在饸饹面中掺入小麦黑面，在羊油中掺入牛油，在羊肉中掺入瘦猪肉，汤中葱花不足，略去腌韭菜，等等。五是操作技术不规范、不过关，有的和面欠揉欠甩，有的臊子脔得不烂不酥，有的辣椒加工达不到标准。这样就使这种小吃的内在质量下降。尤其是近年来，许多人家在过喜庆大事时，都在先一天请邻里宾客吃羊肉饸饹。面对着数百人的消费群体，其质量难以保证，这在无形之中也损伤了羊肉饸饹在人们心中的形象。纵观羊肉饸饹的市场现状，偌大一个新城区，只有几家卖羊肉饸饹的，而且皆为小小一间店面，未能形成每条街都有饸饹摊子的市场氛围。作为韩城一道著名小吃，在当地都形不成气候，更遑论走出韩城。

韩城已成为陕西省单列市，城市建设和经济总量，将会跃上一个新的台阶。随着韩城旅游事业的发展，将会有更多的游客光顾韩城，而在韩城旅游，如果吃不上一顿独具韩城地方特色的小吃，对旅客，是一桩遗憾；对韩城，除了遗憾，更是一种羞赧和无奈！

在当前形势下，如何使羊肉饸饹在市场竞争中走出窘境，使这道独具特色的地方小吃在饮食市场重占一席之地，需要全社会的关注和方方面面的努力。在市场营销方面，合阳踅面给我们树立了榜样。人家能在韩城卖火，我们难道就走不出韩城吗？为了打造出食文化领域的韩城品牌，我们寄希望于有关方面的决策者、有关部门的管理者和有关行业的从业者，我们更寄希望于所有愿为弘扬韩城文化而不倦追求的身体力行者。

2012 年 6 月 25 日

注：

①本文原为《韩城日报》特约专稿，收入本集时有所修改。

②本文在撰写过程中，曾参阅了《韩城文史资料汇编》中李长善、刘子文关于羊肉饸饹的文字介绍，也拜访了我市文史学者师稳生先生、经营羊肉饸饹多年的王向林先生，在此一并致谢。

古城南关

古城原有砖砌城墙，有东、西、南、北四个城门。城门外各有街道或市场，称东关、西关、南关、北关。

关是城内街道的延伸，更是城市建筑的配套和补充。旧时各关商贸各有分工，因而也就各具特色。南关街道连接古城和毓秀桥。出南门，过南关，在毓秀桥北，有一处形如城门的砖砌门洞雄踞街道尽头，门洞上为平台，可瞭望放哨，故称“哨门”。古城原有“五营四哨”，即城内有东、西、南、北、中五营，用以驻扎军队；四城门外各有一哨门，用以站岗放哨。因此，哨门也是城市防卫体系的一个组成部分。

出南哨门，跨毓秀桥，一条大路就此南伸。韩城学子、商贾凡南行外出，皆由此出发；四方贤达往来，也必经此地。所以清康熙年间曾任贵州巡抚的刘荫枢在修筑了濂水桥后，又在桥南立一木牌坊，并亲书巨匾两方，悬于牌坊南北两侧。匾额皆木制，白底黑字，颜体楷书。

其面北者书“示我周行”，这是《诗经》里的一句话。“周行（hánɡ）”是大道，意思是展示在我面前的是一条大道。刘荫枢把它书写于此，一语双关。主要是为了告诫韩城人出了门，一定要走正道。面南者书“四方会归”，意为韩城乃四方贤达会归之地，体现出韩城人的博大胸怀。此两匾于 20 世纪

60 年代损毁。前几年不知哪家重做了一块，蓝底黄字，草书“示我周行”。这既非原匾复制，又书写不工，更面南而挂，似乎是在教训四方会归的来客，实在有损韩城这座历史文化名城的形象。

正因为南关地处古城入口，所以从古代起，客栈、车马大店多设于南关。客栈为商旅投宿之所，车马大店为商旅提供代步及运输之便。

除此而外，韩城昔日之驿站也设在南关，现在的汽车站即在原驿站的旧址扩建而成。驿站为官员往来休息、换马之所，也兼公文传递、民间信函往来之功能。

明末，韩城知县左懋第，廉能惠政，他创办了一所书院，以自己的号命名，称“萝石书院”，地址就在南关街西，今汽车站。

清康熙年间，韩城潭马村人刘荫枢，官至贵州巡抚。他热心地方公益事业，在他的倡议和全力支持下，整修了金城大街，石砌了柿谷坡，修建了集胜桥，后来更名为毓秀桥。又在黄河龙门铸铁桩、铁环，以助船只溯水上行。韩城人民为了纪念刘荫枢为地方建设作出的杰出贡献，便在南关街东修了一座“刘公祠”来纪念他，地址与萝石书院对门。

金城之南是韩城最大的二十里川。这里渠水纵横，土壤肥沃，是韩城蔬菜瓜果及其他经济作物的主要产地，而南关就成为这些产品的批零市场。一年四季，每天天刚亮，买卖双方就聚集南关进行交易，热闹的一天就此开始。在蔬菜市场，还经常发生一些逸闻趣事。庙后村一位姓陈的老头，性格倔强而又少言寡语。他卖菜，从不许别人和他讨价还价，到下午卖不完，宁可担到南桥（当地人将毓秀桥俗称为“南桥”）上倒入河里也不降价。

每年初冬白菜成熟时，庙后村许多种菜户都到南关等待客户，拉生意。一天，一位老乡拉着一头小毛驴来到南关，准备买白菜。这时恰好碰上庙后村的胡某。价钱说妥后，胡某问要多少，这人说一担就够了。胡某说：“你稍等一下，我给你担去。”随即便操起扁担，向地里走去。

胡某人高马大，力气在村里是出了名的。他担来的白菜一过秤，240斤！老乡一看惊呼：“我的妈呀，你这一担菜，我的驴咋能驮得起？”胡某说：“你不是说要一担吗？”老乡说：“谁知你一担能担这么多，你还是高抬贵手，少装点，咱不能为买一次菜把驴累死。”从此胡某一担白菜驴都驮不起的趣闻流传至今。

除了农产品交易，还有山里人卖柴的，北乡人卖炭的，也多将柴、炭或担或驮，运至城门外的城壕边进行交易。

过去的“人市”也设在南关。“人市”即现在的劳动力市场，庙后村口为集中地。谁家需要雇用短工，一大早就到南关找人，双方当面洽谈，工作、报酬谈妥之后，领人就走。每年夏收，是用短工量最大的季节，等待雇主的人称“麦客”，有时晚去一会儿，就雇不到人了。但有些人往往因年龄、身体、技能等原因，没人雇用，用行话称，就叫“落市”了。

南关还是古时的刑场。地址先在庙后村口，后来才移至毓秀桥头以至河滩。过去处决犯人，既要起到对民众的警示作用，又要不影响城中商民的生活秩序，所以将行刑之地就选在了人流量较多的南关。在鲁迅先生的名著《药》中，夏瑜罹刑的“古轩亭口”就是一个人流聚集之地。

至于刑场后来为什么迁移，这里还有一个传说。古时犯人被处决后，其家属随即收尸，而清理现场，便规定由刑场附近的庙后村人负责。于是，村人轮流当差，苦不堪言。清乾嘉两朝宰相王杰是庙后村人，他退休回乡之后，决心为村民解除这一负担。当他得知某日要处决犯人时，便有意去县衙与知县聊天。行刑时间快到时，他急忙告辞。知县问其故，王杰说：“今天衙门处决犯人，村中轮我家清理刑场，所以只得立即回去。”知县说：“不用劳驾您老人家了，我派人料理。”王杰说：“你这回给我帮忙，下次轮到我家怎么办呢？下下次轮到我家又怎么办呢？这是一项没有尽头的差事啊！”知县觉得此话也有道理，于是表态将行刑之地南移至毓秀桥边。从此，庙后村人便免除了这宗差事。以后，民间便把“南桥”作为刑场、死地的代称。如骂谁想死，便说“你想到南桥上去？”或说“把你推到南桥上给枪毙了！”至于把刑场再移至河滩，已是民国以后的事了。

还有些不便在城内街道经营的行业也设在南关，如熟皮子（即现在的制革）、铁匠、给骡马钉掌、酱园（酿制酱油、醋、制作酱菜的作坊）、木厂等。

木厂主要是经营棺木。以前，南关、东关、北关均有经营棺木的木厂，而唯南关木厂规模大、知名度高。中华人民共和国成立前由家居东关的高云亭老先生经营。韩城解放，国民党县长赵玉琳逃跑时，纵火于古城四关，南关木厂随即付之一炬。之后笔者家父另起炉灶，创办起“复兴庆”木厂，1953年家父逝世后，木厂遂停业。

随着市场的需要，南关还有肉架子、杂货铺、澡堂子和饮食业。饮食业主要是素面店子、素饸饹摊子、蒸馍和烧饼铺子。较有名气的字号有庙后村人王香斋先生经营的“积善丰”杂货铺，山西人黄某经营的“天久成”酱园。庙后村人刘吉泰经营的澡堂子，是韩城第一家澡堂子。此外，庙后村人王某经营的皮坊、“卯子”的素面一窝丝、九郎庙巷李玉林的黄烧饼也都较有名气。

现在的南关，经营业态与以前相比，虽有所变化，一些人文景观也已消失，但街房基本上还保留了原来的模样，成为古城历史的见证者和珍贵的文化遗产。我们应全力保护它，继续发挥其功能，使它在新的历史时期，成为古城又一个旅游景点。

2013 年 4 月 25 日

注：此文在收入本书时，南关街道的建筑已被全拆了。

难以忘却的味道
——苦苣菜和马蔺根

小时候听老人讲，民国十八年大旱，颗粒无收，多亏黄河滩的苦苣菜和马蔺根，才使韩城不少人度过了饥荒。没想到 30 多年后，自己竟也经历了这么一次。

20 世纪 60 年代初，由于粮食短缺，黄河沿岸的群众就在夏秋两季纷纷到黄河滩去挖苦苣菜。

黄河滩很平很大，东西宽约 20 里，站在那里，一眼望不到边。它分为“嫩滩”和“老滩”。嫩滩多为泥沙，野草稀疏，并有一些不规则的小支流。老滩则处于东西河床的中间，地势稍高，如龟背，遍布苦苣菜和马蔺。除每年六月黄河发洪水时过一次水外，其余时间无旱涝之忧，于是沿岸村民都来此开荒种地。虽种庄稼，但苦苣菜却照长不误。

苦苣菜菜叶如大蓟叶，呈锯齿状，味苦，煮熟后还要在凉水中浸泡，方可除去其苦味。另一种称“甜苣”，与苦苣同属而异种，菜叶没锯齿，与蒲公英（俗名金刚）叶相似，无苦味，煮熟后可直接食用。

食用时，第一种方法是将其掺入下好的稀面条或馇饭锅中，第二种办法是将其包成“煮角子”（素饺子），第三种方法是将其凉调或热炒，就馍或就饭吃。

苦蓿入口，虽说能吃，但毕竟是野菜，野草味还是相当浓的，不像种植的蔬菜，口感鲜美。不然，我们的祖先早就将其培育成蔬菜品种了。初吃或只吃一点，还可当鲜味品尝，吃得多了，难免会反胃。但为了填饱肚子，人们还是照吃不误。

进入冬季，苦蓿菜枯萎了，人们便又到黄河滩去挖马蔺根。

马蔺是一种多年生草本植物，地下根系发达，距地表七八寸深，盘根错节。春日发芽，叶子直接长出地面，丛生，约一厘米宽，长可一米多。冬日枯黄，收割后可建草房，亦可织草帘、凉席，拧草绳。街上卖甑糕、粽子的，也用其绑扎食物。其根粗如拇指，呈淡黄色。挖的时候，先用火将地表上的枯叶烧掉，然后将根刨出，打捆，挑回家。

挖蔺根是一宗很辛苦的差事。一是路远，不算从家里到河岸的路程，光是在黄河滩，就要走近 10 里路。由于冬日天短，黎明即起，赶黄昏才能返回。二是费力，要用板镢刨去结成块的土层，才能将蔺根刨出，没有相当大的力气，难以胜任。况且湿漉漉的蔺根很沉，担在肩上，不要说爬上从滩地到塬上近百米高的陡坡，光走平地也会累得腰酸腿软。

回家后将其晾晒，有的急着吃，就用热炕去焙。干透后，在碾子上碾成絮状，用箩子箩出“面粉”，这便是“蔺根面”。

蔺根面呈浅褐色，用水和成团，上笼蒸，成品便是“蔺根馍”，呈深褐色，味微甜，口感涩，野草味甚浓，吃时难以下咽，但肚子饿，不得不吃。由于毕竟是草根，没有什么营养，吃了之后基本是穿肠过。在营养不良、缺乏脂肪的情况下，排便时十分困难。即便是这样，为了充饥，每天下黄河滩挖蔺根的人还是络绎不绝。

韩城味道种类繁多，但最难吃并让人挥之不去的，唯有马蔺根。50 多年过去了，现在把它搜拣出来，一是告诉年轻一代，我们曾吃过这种苦。二是告诫我们的后人，要珍惜今天的美好生活，并努力奋斗，使这种苦涩的味道不再出现在我们的餐桌之上。

2014 年 9 月 1 日

红　薯

20世纪50年代初，红薯在韩城还只是零星种植。偶遇挑担卖“热红薯”的，也只是买一斤半斤，像买水果副食，尝尝而已。

那时人们要求好红薯的标准是：颜色红，个头不大，长四五寸，如枣核状，粗细如胡萝卜。蒸熟后口味如毛栗子，干、绵、甜，无丝络。

红薯品质的好坏取决于土质，一般红垆土地栽培的红薯质量较好。过去，县城附近的楼子底村和山地村产的红薯比较有名。

关于红薯在韩城的种植，邑人程仲昭在民国十三年纂修的《韩城县续志》中，作了较为详细的介绍。

> 甘薯（一名地瓜，俗称红薯），先产于直隶，由直入鲁入晋，咸同间，陕人始有种者。近日各县皆种，而仍不甚多。此物若种得法，旱涝皆收，其法详于《甘薯录》，且能备荒。庚子灾后，上宪下备荒要策于各县，即《甘薯录》也。
>
> 按：薯有红、黄、白三种，南人呼为山芋，随地可种，亦易储存。或切片晒干，或磨粉团和如土砖。遇有荒年，极能助赈。南人有行之者，救济甚普。吾韩产粮素少，民食缺乏，近年种薯者，已渐

萌芽。倘日见发达，亦济民食之要政也。

程氏出身进士，曾在当时的安徽盱眙县做过知县，体恤民情，对当地经济状况了如指掌。否则，不会对红薯的种植、储存、食用有如此详细的了解。基于对民情民瘼的关心，所以他在以后撰修《韩城县续志》时，便根据韩城历史上一直缺粮的实际，在《土产》一节专门对红薯作了介绍，可见其远见卓识。

20 世纪 60 年代初，饱经三年自然灾害之饥的韩城农村，才把红薯作为重要的粮食作物来种植。红薯也开始登上农家的餐桌。

红薯多了，家家都在院中挖了四五米深的土窖来储藏其物，从冬季一直吃到来年春末。

红薯多了，如何吃？早晨农民下地，学生上学，拿上蒸好的热红薯当早餐；中午有的将红薯礤成丝，拌上少量玉米面，做成红薯蒸菜吃；也有的将红薯礤成片，晒干，碾面，和成团，蒸成红薯面馍；也有的将刚出蒸笼的红薯面馍塞进饸饹床子，压成红薯面饸饹吃。但不管做成什么样，吃得多了，一闻那味就觉得不舒服。

为了遮掩这种让人生腻的味道，乡民们便在红薯蒸菜、红薯面饸饹中调入了盐、醋、辣椒、蒜泥等调料，在吃红薯面馍时要配上拌有各种调料的蔬菜。

把红薯当作副食品尝时，其味是甜的，但把红薯列为主食食用时，五味杂陈。

现在生活好了，米、面、油、肉应有尽有，饭菜花样不断更新，但不能忘掉那个红薯曾作为主食的年代。

2015 年 3 月 9 日

新老城区街路命名记忆

韩城是国家历史文化名城，1984年撤县设市后，为了解决好名城的保护和建设问题，市上决定保护老城，在老城之北的塬上另建新城。这一基本方针确定后，就请当时的西安冶金建筑学院作规划设计，并于1985年5月建成了新城第一条大街——龙门大街。

为了使新城的基础建设顺利进行，1986年7月，当时的市城建局局长薛兴国委托王改明邀请有关人士对规划后的新老城区及街道进行命名。王改明与我系象山中学校友，时在团省委主办的《当代青年》杂志社工作，是一位热心家乡文化建设的记者和作家。我当时在市志办做事，改明先到市志办找我，同我商议拟邀人员名单及街路命名的基本原则。之后，便确定时间。除了我俩，还邀请了冯光波、郭建安两位老师及张天恩、吉春胜两位文史工作者。接着在设在老城庆善寺的市招待所召开会议，商议命名之事。会议由改明主持。由于改明事先已同我就命名的基本思路达成了共识，心中有了数，所以他在阐明了这次会议的主要任务之后，接着便传达了市委市政府提出的指导思想，就是要突出韩城这座国家历史文化名城的特色，要有深厚的文化内涵。在这个思路的指导下便开始了命名工作。

将老城命名为“金城”，因为老城在中华人民共和国成立前就曾称为“金城镇”。“金城”一词来源于清康熙《韩城县续志》。该《志》称县城墙经明末砖砌，焕然一新，固若金汤，故后人便对县城以“金城”称之。这次重新命名，实际上是发掘和传承了古城的历史。

按照规划，对已经开始建设的金城以外的地区统称“新城区”。这个新城区的概念是大新城区的概念，除了现在的“新城区”，还包括了原韩城发电厂地区，称“竹园区”；现韩城矿务局总机厂地区，称“苏山区”；现下峪口地区，称“龙门区”。为了区别广义与狭义新城区的概念，将现在的新城区命名为“中心区”。由于“龙门区”也是在新城区内，所以给其街道也命了名。

给新老城区命完名之后，顺便给正在兴建的韩城第一个居民小区（当时叫“百户”）也命了名。因其地处盘乐村地域，又紧靠安居寨，故命名为“安乐村”，有安居乐业之意。后虽废弃不用，但现在看来，这个名字仍然是不错的。

随着新城建设格局的变化，原规划中“新城区”的概念已经不存在，原规划中的“中心区”变成了现在的新城区。

之后便是给新老城区街道命名。

金城街道

金城原来只有一条南北走向的街道和一条与之成“T”字形的东西走向的街道——西街。以其交合点西街口为参照物，将以北的街道称为“金城北街”，将以南的街道称为“金城南街”，将以西的街道称为“金城西街”。

原宫前巷自街口往西，只通到与贾巷交接处再无出路。后来将其以西的部分建筑物拆除，形成街道，直通至环城西路。因此街原有“龙门书院”，故将此街命名为“书院街”。

原北关的草市巷经过改造扩修，形成了一条东西走向的街道，为保留历史文化，故将其命名为“草市街”。“草市”，古时城中集市贸易的一种特有形式。黎明开肆，天亮散场，交易匆匆，草草收场，故名“草市”，并非卖草之场所。

与草市街大致相对的一条街道由金城北街向东，直通至井把弯，向东北而上柿谷坡，直上北原。这是旧时金城通往北原的唯一道路，故将井把弯以西至金城北街口的街道命名为“北关东街”。

新城街道

新城街道命名的基本原则是：以南北走向的街道为经，称街，以韩城名山名水命名；以东西走向的街道为纬，称路，以韩城著名人文景观命名。山水与人文交织，基本上就可体现出韩城这座历史文化名城的特色。这个原则确定之后，就将当时规划的两条南北走向的大街称为“龙门大街”和“黄河大街”，因为龙门是韩城第一大自然名胜景观，黄河是韩城境内第一条大河。将韩城火车站以南的六条东西走向的道路自北而南，分别命名为：

普照路：由此路往东，可达普照寺，这既是对这座全国重点文物保护单位的纪念，又含阳光普照之意。

乔南路：由此路向东，可抵刘乔南故里。刘乔南即刘荫枢，号乔南，清康熙时贵州巡抚，人称“刘巡院”，于韩城城市建设曾作出过卓越贡献。以“乔南”命路名，既是对刘荫枢的纪念，也是对历史地名的挖掘和传承，因为现已并入新城区的原苏东镇，在以前即称“乔南乡”。

香山路：此路往西，进板桥镇，有香山寺。以“香山”命路名，是为了纪念唐代大诗人白居易（白居易号香山居士，原籍韩城）。

太史路：此路是六条东西走向的道路中最宽阔的一条道路，位置居中，市人大、政府、政协、财政局、公安局等重要部门皆坐落于此路。以“太史”命路名，是为了纪念太史公司马迁。

状元路：此路向东，可抵清乾隆时状元宰相王杰陵园。以“状元”命路名，是为了纪念状元王杰。

金塔路：此路毗邻金代修建的六级浮屠谭法塔。因建于金代，故俗称“金塔”，现为省级重点文物保护单位，又系新老城区的标志性建筑。以“金塔”命名，是为了传承金代的历史和文化。

给中心区的道路命完名之后，接着给正在建设的龙门区街道命名，结合龙门地区的自然景观和重点发展煤电工业的特点，分别命名了南北走向的禹门大街和东西走向的金光、紫峰、玉镜大街。

命名工作结束后，由王改明执笔起草命名方案。完成之后改明因事去了西安，由我在市长办公会上汇报，随即获得通过，让城建局照此方案实施。

这次街路命名，确立了新城区街路命名的基本原则。1993年新城区东扩，建招商区时，给其新修道路命名，我未参与，但命名者基本沿用了这一原则。然而，由于时过境迁，人事皆非，各有各的见解，各有各的思路，认识未必一致。所以，它将南北走向的西峙路、东峙路（待建）、盘河路称路而未称街，南北走向的桢州大街本应以山水命名，却以“桢州”这个历史上曾出现过的行政区划名命名。

关于新城街道命名，有几个问题需要解释。

其一，在命名后的新城建设中，出现了“人民路”“民主路”两个名称。这两条路是步行街，是对原规划修改后新增加的道路。但其命名风格与前不符。我曾问过城建局一些老同志，有的说不知道，一位参与过图纸设计的同志说当图纸出来后，无名字，是他随便给加上的。另一位参与过图纸设计的同志说他对以前的命名方案有意见，因而在后来新规划这两条路时，他就按自己的想法给命了名。至于是否还有其他说法，尚不清楚。

其二，当初把火车站以南的南三路命名为香山路，将南五路命名为状元路。但后来在施工时，由于当时正值改革开放初期，政府鼓励一部分人先富起来，于是，便涌现出一批“万元户”。为了对这些人进行鼓励，并利用民间资本，加快新城建设速度，政府就决定先开发南三路，将其街面房全部预售给先富起来的那些人。因这些人都是致富“状元”，故将其命名为“状元街”，而将“香山路”之名用在了南五路。

其三，因“太史路”是六条东西走向道路中最宽的一条，在修成后命名时，将其改称“街”，即现在的“太史大街”。西安是省会，改革开放前，西五路是全市最宽最美的一条道路，但未称街而称路；渭南是地级市，解放路又长又宽又繁华，但也未称街而称路。看来，称街称路，由人而为，并非因其宽、大而定义。

自 2005 年开始，在城建局规划处的主持下，我先后为拟开发的新城北区、芝川区、西呰工业园区、新城南区的道路命了名。为求风格统一，四个命名方案均按以前制定的原则拟定。

2005 年 1 月，为拟开发的芝川区命名道路 12 条。

2005 年 11 月，为新城北区命名道路 15 条。

2005 年 12 月，为拟南扩的新城南区命名道路 4 条。

2006 年 11 月，为西呰工业园区命名道路 31 条。

以上四个开发区的建设正在进行，各区域的道路名称，在未正式确定之前，还存在变数，故暂略记。

2010 年 2 月，给新城桢州公园、留芳公园拟定了命名方案。

2013 年 5 月，为陕文投拟开发的“风追司马文化景区”及其道路湖泊撰写了命名方案。整个景区共分四个部分：金城部分；濃水以南至北苏村部分；司马迁祠至西少梁村部分；北苏村至西少梁村过渡地段。方案共命名景区 4 个，湖泊 2 个，道路 45 条。这一方案经过讨论评审，已得到陕文投韩城公司的确认。由于命名的区域、湖泊及道路刚进入开发建设阶段，在施工过程中仍存在修订因素，故其名称在竣工前，亦从略记述。

至此，除了刚进入开发阶段的轻工业园区（小渠沟以北至寺庄沟以南区域），还有几条东西走向的道路需要正式命名外，近期韩城城市建设的道路命名即可告一段落。

韩城自 1984 年撤县设市到现在，已走过了整整 30 年的历程。30 年来，作为新城建设的亲历者和见证人，我曾采写过城建人为开发新城所做的奉献，也为新城的建设出过微薄之力。如今的新城，已经像一颗亮丽的明珠，镶嵌在黄河之滨。回首往事，感慨良多。在庆祝撤县设市 30 周年之际，我怀念新城的奠基者——韩城市第一任书记王志伟、第一任市长刘遵义，怀念为新城建设呕心沥血而英年早逝的第一任城建局长薛兴国，怀念所有为新城建设作出过贡献的人们！

2014 年 6 月 5 日

补叙：

2014 年 12 月，为新城小南区拟定了街路命名方案。

2016 年 4 月，为新城新型工业园区拟定了街路命名方案。

2016 年 4 月，为西原产业园区拟定了街路命名方案。

2016 年 6 月，为拟开发的龙亭新区拟定了街路命名方案。

2016 年 8 月，拟定了龙门工业园区街路命名方案。

2016 年 8 月，新型工业园区、西昝工业园区、西原产业园区、龙门工业园区整合为经济开发区，与民政局地名办对其辖域的街路名称进行了修改和确定。

2022 年 10 月 24 日

重修谭法塔记

谭法塔，是建于原圆觉寺的一座佛塔。因建于金代，故又称“金塔”。1957 年被公布为省级重点文保单位，1992 年予以撤销；1998 年被公布为韩城市级重点文保单位；2014 年再次被公布为省级重点文保单位。

该塔建于金大定十三年（1173），因地震崩缺，清康熙四十一年（1702）予以重修。中华人民共和国成立后，1961 年曾予重修。为了保护好韩城新老城区这一地标性古建筑，2014 年，市政府拨款 50 万元，再次对其进行了全面修缮。工程于当年 5 月 25 日启动，同年 7 月 1 日告竣。其间重修了塔顶，修补了塔身与塔基，重砌了台阶与散水，维修了卷棚顶报亭，补挂了缺损的风铃，新装了避雷设施。至此，巍巍宝塔，焕然一新。文物既得到了保护，城市又增添了靓色。兹恭录古联一副，庶几可作结语：兴到便登临，远瞩高瞻，四面云山归眼底；公余凭啸吟，先忧后乐，万家烟火注心头。

韩城市人民政府立石

二〇一四年七月一日

郭德源　撰文

注：此碑文系当时修塔负责人命我而作。拟成之后，不知什么原因，未能刻碑立石。现保留此文，以给后人留下一点重修信息。

司马迁铜像铸造记忆

2009年，当司马迁祠下的广场修好之后，市政府便决定在广场中央塑一座司马迁巨型铜像，以供人们瞻仰。

2010年春，市景区管委会聘请中国雕塑专业委员会委员、陕西美术学院研究员周起翔先生任塑像设计师，着手塑像的设计工作。

周先生受聘后，于2011年年中作出了塑像墨稿和泥稿。7月29日，市景区管委会邀请市人大、市政府、市政协等领导、司马迁祠文管所负责人及当地专家学者对小稿进行了讨论，周先生对小稿进行了修改。

11月23日，高2.2米的司马迁塑像泥稿初成。12月3日，司马迁祠文管所负责人带领韩城地方专家学者，前往西安周先生工作室对泥稿进行了观摩，并随之召开论证会，在对其予以肯定的基础上，提出了修改意见。2012年元月开始，高12.1米的泥塑像开始制作；当年6月，按泥塑像制成等高玻璃钢塑像，随即送往山东青铜器铸造厂制模铸造。

是年8月28日，分解为6块的铸件全部铸造完成，同月31日运回司马迁广场并开始组装，9月30日工程告竣。两层台阶各高1.3米，台阶之上为底座。底座东西长6.6米，南北宽5.4米，高4.7米，像高12.1米，塑像总高19.4米。

按历史传统，修建大型建筑，必有碑记记其始末。司马迁祠文管所负责人曾托我写点简单的文字，拟置于塑像之下的底座之中。我写好之后又作罢，不知其故，以至今日，也未见立有碑记，给后世留下一点遗憾。

但既为一件大事，就不能不予记载。我因参加过几次创作讨论会，对其过程略知一二。故将本人所知随笔写出，以保留一点历史信息。

2016 年 4 月 17 日

禹甸园石碑诗创作记

2004 年初夏，新城禹甸园的建设即将竣工。4 月 16 日，接到市文联电话，要我去宣传部会议室参加一个会议，我如约前往。

与会者 7 人：张家琦、程宝珊、薛宝丰、张天恩、高巨成、贺西城、郭德源。

会议主持者是宣传部的一位负责同志。

他说，众所瞩目的禹甸园即将建成，按设计规划，要在园内东北角建个文化区，具体形式是竖八座竹简状的石碑，每座碑上要刻文字。刻什么文字，今天请大家来，先打个招呼，请各位回去考虑一下，各自拿出个方案，一两天后再次召开会议商定。

4 月 18 日上午，各位奉命齐聚一堂，对各自拟出的方案进行讨论。由于各人思路不一，因此拿出的方案也各不相同。有的节录了《论语》《史记》等经典著作中的名言警句，有的选录了历代咏韩诗词，也有的抄了些格言等等。讨论之后，大家对每个方案都不满意，因为从其内容看，都不能反映韩城历史、经济、文化的全貌和人民开拓奋进的精神。从其形式来看，有的字多，有的字少。字多的，刻写出来，显得堆塞；字少的，留白太多，感观效果不佳。各碑的字数多少如不统一，整体效果也将不太美观。

这时已近中午，会议主持者说，由于时间急，那边的石碑已经做好，就等着要咱这文字。为了不影响工期，争取今天下午拿出初稿。为了节约时间，今天中午咱们到外边集体用餐，饭后即刻投入工作，具体由张家琦先生负责。

下午继续讨论，经过反复斟酌，最后总算弄出了个眉目，决定从八个方面反映韩城的过去、现在和将来。具体题目分别为：名邑、古城、国宝、民居、龙门、史圣、鹏程、腾飞。为了达到形式上的统一和美观，每题用一首四句七言诗来表达。

题目确定了，形式也确定了，下来的问题是怎么写？先说是一人分一个题目，各自创作。但又觉不妥，因为各人写作速度有快有慢，只剩一个下午的时间，又要写，又要讨论，到时完不成任务怎么办？另外，各人艺术风格有别，最后交上作品，为了统一风格，还得再作讨论修改，又要浪费时间。于是决定集体创作，由高巨成、薛宝丰二先生执笔，大家你一句我一句地凑。可以采用的，记下来，不能用的，另凑，直到大家都感到满意为止。一首作好了，再作另一首，就这样紧紧张张弄了一个下午，赶下班时总算完成了任务。这八首诗分别是：

名邑

禹甸梁奕龙门盛，子夏教衍西河兴。
华夏史笔惟司马，关中文物最韩城。

古城

寺观星罗绥厚土，坊楼棋布醇士风。
唐寺金塔余古韵，明街清居瑰金城。

国宝

长城庙寺古民居，太史墓祠映晨曦。
日月凝华镌瑰宝，山河钟毓布珍奇。

民居

百座寨堡灿若星，祥兆人和万家宁。
四合庭院天工巧，民居瑰宝寰宇名。

龙门

黄河雄奇第一门，扼控中原势独尊。
禹凿崇功催奋进，挺脊抒写天地心。

史圣

一部史记传今古，千秋丰碑昭世功。
鱼龙永承先贤业，破浪乘风有精英。

鹏程

延安战火炼史诗，和平日子抒衷情。
椽笔不为浩劫老，犹有光辉照鹏程。

腾飞

百里名椒大红袍，硕果盈枝赛玛瑙。

煤电钢化涌金浪，弄潮儿女缚龙蛟。

由于是急就作品，免不了有些瑕疵。但不管怎么说，这些老同志还是为韩城的文化建设做了一件有益的工作。

石碑竖起之后，反映不错，有人拍照，有人抄写，也有人请书法家将其写成条幅，悬挂在客厅。但也发现了一些问题。一是石碑既然做成了竹简样式，那文字就应该书写在没有竹节的一面。但制作者却将文字书写在了有竹节的一面，既不合古制，也不好看。二是将“百里名椒大红袍”中的“里”字写成了“裹”字。书写者在写这八首诗时，全用繁体字书写。但由于其不懂繁体字与简体字的区别，误将百里的“里”当成了“裹”的简化字。其实，“里”作为长度单位的量词，从未简化。“这裹”“那裹”的“裹”在简化后才用“里”字表示。正因书写者识字能力有限，从而闹出张冠李戴的笑话。而更甚者，由于书写者识字能力太差，将“裹”字竟写成了包裹的“裹”字，令人啼笑皆非。发现此问题后，我们建议主事者修改。但主事者说碑是在外地雕刻的，况且已经刻好，实在不便改正。我们说不大改，把“裹”字改成“裹”字，缩小一点差距总可以吧！最后改了没有，不得而知，反正现在去看，裹不裹，裹不裹，似是而非。不过，改不改已无所谓了，将错改错，已无任何意义。应该声明的是，这不是诗作者的错，而是书写者的错。

从建园到现在，12 年已经过去了。12 年来，韩城经济文化建设迅猛发展，城乡面貌日新月异，回想往事，历历在目。当年参与创作的老同志多已垂垂老矣，有的已离我们而去。抚今忆昔，不胜感慨。为给这些参与过禹甸园建设的老同志留下一点纪念，特拟此文，以垂永久。

2016年5月7日

金塔倾斜

今年春节过后，携朋友去老城看一文物，返回新城途中，行至濡阳路，东张西望，偶见高高耸立的金塔微有倾斜。于是让朋友停车，用手机拍照一张。

回家之后，重新观看所拍照片，是本人视觉有误，还是塔体真的出现异常，自己也拿不准。因为事关重大，在未获得确证之前，不敢胡说，于是便予搁置。

前几天出门散步，遇一有关人士，闲谈之中，我悄悄谈起自己的“发现”，未料对方说情况属实，正在观察。啊，我的怀疑竟成事实！于是我说，观察归观察，及时采取扶正措施才是最要紧的。为此，我再去濡阳路，重新进行拍摄。

金塔正式名称为“谭法塔”，为原圆觉禅院的一座佛塔。“谭”同“谈”，有讲道说法之意。因圆觉禅院早已毁于兵火，此塔又与赳赳寨毗邻，故后人不知其故，便称其为“赳赳寨塔”。又因建于金代，今人称其为“金塔”。

塔基正方形，高 7.2 米，塔身为八面六级楼阁式空心砖塔，高 28 米。从金城南关北望，似为扶摇直上云天的巨龙龙头。

金塔早在 1957 年就被列为陕西省第二批重点文物保护单位。1992 年被撤销，2014 年又被列为陕西省重点文物保护单位。据业内人士谈，以后还有被列为全国重点文物保护单位的可能。不管是市保、省保还是国保，这座塔在韩城的地理位置、知名度、价值非同一般：第一，它建于金大定十三年（1173），距今已 840 多年，除了司马迁祠个别建筑还保留着部分宋代建筑元素外，它应该是韩城现存建造年代最早、保存最完好的古代建筑了。第二，它是韩城迄今保留的体量最大的一处金代建筑，弥足珍贵。第三，它作为新老城区的地标性建筑，已深深地印在了韩城人的心里。它若有不测，对韩城文化，该是怎样一种损失？它在韩城新老城区版图中的地位，谁能替代？

曾经坐落于古城东南原上的文星塔，始建于清雍正二年（1724），为韩城古城的一座高 12 层的风水塔，是韩城体量最大、高度最高的砖塔，并成为韩城的地标性建筑。外出的韩城游子回乡，一到龙亭原，一望见文星塔，立即心潮澎湃，如见亲朋。但这座塔也在很早时候就出现了倾斜，人们都看得到，但无人去处理。终于，1986 年 8 月 16 日，它轰然倒塌了，一处珍贵的文物就此消失，令人叹息！

百余年来，韩城屡遭浩劫，曾被誉为“关中文物最韩城”的韩城，重要文物已所剩无几。我们已经再损失不起了。前车之覆，后车之鉴。把先人遗留下来的这点遗产继承好、保护好，是我们每个韩城人义不容辞的责任。

盼望金塔不倒！

2016 年 5 月 30 日

梁带村两周古墓发掘直播记忆

梁带村两周古墓于2005年发现并开始发掘后，至2007年春，一大批高等级的青铜器、金器、玉器、漆器、木器等相继出土，向世人揭开了它神秘的面纱，一时成为人们关注的焦点。国家文物局将其评为2005年全国十大考古发现之一。中央电视台也于2007年6月9日中国文化遗产日向全世界作了现场挖掘直播，在国内外引起巨大反响。

为了配合好这次直播，市委、市政府于当年四月份就召开了有关部门参加的会议，并成立了市直播协作领导小组。办公室设在金塔宾馆。我有幸参与，主要工作是配合市文物局为电视台撰写直播素材，协助电视台拍摄有关背景资料。

用了大约一周的时间，《“韩城梁带村古墓挖掘”直播素材提纲》征求意见稿拟就，经过审阅、修改，23000字的直播素材提纲终于定格在第三稿。再接着就是给中央电视台撰写韩城简介和背景分镜头文字。

文字拟好之后，还需要配合电视台拍摄背景视频。中央电视台由于人手不足，把拍摄背景视频的任务交给了省电视台国际部。

五月，省台王移风、黄晋川二先生来韩拍摄。市文物局有关同志负责接待，联系有关人员与景点，我按选定的景点跟随拍摄。

大的景点共选了六处：司马迁祠墓、古城、薛峰水库、龙门、梁带村、古墓发掘现场。

在古城拍摄时，按事先的安排，要在城隍庙的戏台上拍一段秦腔传统戏的武打视频，表演者为武生对武旦，借以展示韩城、陕西乃至西北地区悠久的历史和独特的文化魅力。但不知是传话的人没说清，还是接电话的人没听清，结果只来了一位武生。再传话叫人，已经来不及了。因为安排的时间是下午，已准备开拍了。这时，如果再通知有关单位找演员，化妆，已经来不及了。所以，只好由那位武生独自表演了。

龙门是上天赐给韩城的一处雄奇景观，也是数千年来韩城的一张名片，从大禹治水到鱼跃龙门，引无数英雄竞折腰。所以，拍韩城，必拍龙门。我们去时，天气已热，龙虎路崎岖不平，运煤车辆来往不断，烟尘弥漫于整个河谷。那时还没出现"霾"这个说法，我们把它只当作"雾"。当拍完龙门之后，编导突发灵感，说要拍黄河落日。于是我们只好坐在龙虎路边，呼吸着难闻的烟尘，忍着闷热、饥渴与疲乏，耐心等待。终于到了日落时刻。但天不作美，薄云加霾，遮掩了夕阳的光辉。效果虽不尽如人意，但编导总算尽了心力。

按计划，我们还要拍一段农夫在山坡上边劳作，边唱秧歌的视频，以体现韩城人的淳朴和豪放，同时也展示一下韩城古老的民间艺术。经过有关方面的推荐，我们在薛峰乡西泽村找到一位 80 多岁的老人。他爱唱秧歌，嗓子也好，待人热情大方，于是我们就请他扛上一把板镢，到村子附近的山坡上录制唱秧歌。但出村之后，编导总觉得周围环境不够理想。这时，听我们说附近有个薛峰水库，便立即兴奋起来，提议到水库周围选景。

水库山清水秀，景色如画。编导选了水库旁边一块即将收割的麦田，让老人扛着镢头从麦田穿过，一边走，一边唱，山、水、人、麦穗，尽入镜头。无论构图、色彩，还是寓意，均显出了编导独特的视觉和艺术功力。

拍摄梁带村，主要想展示这里古老的黄河文化和农耕文明。当时黄河主流在山西崖下，这边崖下有些断断续续的小支流。河滩分布着一块块草地，三五成群的牛在悠闲地享受着大自然的风光和美味。

拍完黄河之后，我们还拟拍一段农人在黄河岸边耕作的场面。村干部按我们的意图，找来了一位村民，吆上牛，在崖边上犁地，他媳妇跟在后面点播玉米。他们有个小女孩，约四五岁，不知是没人照看，还是出于好奇，也跟着来了。编导让女孩跟在妈妈后面也学着点玉米。于是，这个穿红上衣的女孩也进了镜头，既增加了画面色彩，整个视频也更具生活气息。

最后一站，是拍摄发掘现场。由于时间临近直播，所以来这里的人不少，包括媒体记者。为了不影响发掘现场的工作秩序，也为了保密，一般人根本不让进入。我们是为直播服务的工作人员，照样谢绝。后经有关负责人联系、沟通，才获准进入。

进去之后，我们直奔作为直播主现场的 M27 大墓和距其不远的车马坑。车马坑的坡道上，静静地躺着一个已显露出来的车轮。M27 的墓室内，几个工作人员细心地清理着已显现出的物品上的泥土。离大墓不远，有的人在清理地面，有的人在挖掘一些小的墓穴。现场负责人告诉我们，大墓及车马坑只能远距离看，不许靠近，更不许拍照，所以，我们只能拍摄周围环境和那些不太重要的地面挖掘。之后便离开了现场。

说来也怪，为了迎接这次直播，市上有关部门积极准备，新闻媒体连续报道，市民街头热议，但梁带村却非常安静。村里人都在忙活着自己的事，巷道几乎见不到行人。除了几位老人坐在大门前聊天外，偶见一男子挑着水桶去涝池担水。这种安闲的氛围，与不断升温的市民情绪形成了鲜明的对比。为了配合直播，市广播电视台约我撰写有关报道。写什么呢？无题可选，忽然灵机一动，写了一篇内容与其他报道不同的《梁带村里静悄悄》，受到了台里有关负责人的赞扬。

拍摄完成之后，王、黄二编导回台复命，我回家休息。

直播那天，我待在家里，一边看电视，一边回味着为直播所做的工作。

从 2007 年 6 月 9 日现场直播到现在，不觉已过了 10 个年头，虽时过境迁，但往事仍历历在目。能为市上的文化事业做点力所能及的事，倍觉欣慰。现仅凭记忆写出亲历片段，给读者留下点直播幕后的故事。

2016 年 6 月 4 日

今昔象山

象山，位于古城西北2公里处的澽水北岸，是梁山山脉靠近县城的一座著名山峰。因其状似大象伸鼻饮水，故称象山。

象山东麓，原有紫云观，为道家修行之所。1942年改建为学校，即今之象山中学。象山之巅，自南而北，依坡势，建有庙院，呈四合院形。乾隆十三年（1748）洮阳松华道人吴镇撰写的《象山碑》碑文，将其建筑叙述得较为详细："玉皇阁建，斗姆殿成，庙建七星，金妆诸圣。钟楼设而声闻墅外，水窖穿而泉涌阶前。筑垣墙于四周，栽松柏以百数。"碑文又载，象山庙院，不知创建于何时，只知重修于近年，并特别指出，"刘中丞捐金栽树，松柏苍苍。"刘中丞，即清康熙年间韩城名士刘荫枢。因其曾任贵州巡抚，人称其为"刘抚院"，为韩城城市建设贡献颇丰，人们在古城南关为其建祠祭祀，可惜已被拆，夷为平地。拆去一座为乡里建设做过好事的名人纪念场所，恐怕是我们这座城市的损失了。

象山海拔630多米，高出东原200多米，为古城周围最高山峰。早晨太阳一出，金光即洒满山巅，古庙、古柏在朝阳的映照下，颇有天上人间之景，故"象岭朝霞"成为昔日韩城八景之一。不仅如此，逢晴日，站山顶，眺望黄河，澄如银练，心旷神怡。然而自从雾霾严重之后，再也看不到昔日之景象了。

象山原建有斗姆殿，斗姆，即北斗众星之母，故名斗姆，为道家信奉之女神，当地人则将其作为娘娘神祭祀。为此，象山昔日每年三月十八有盛大庙会，山上山下，人流如梭。山下，卖饭者多，摆摊交易者多；山上，观光者多，向神求子者多。登山敬神者，多为婆母为尚未生育之儿媳求子。求子仪式不复杂，也不简单。先是烧香叩头，接着给神许愿，祷词多为“您老让我儿媳生个娃，我给您献羊一只”。除非是达官富户，没人敢说“为您重修庙宇，再塑金身”之类的话。许完愿，在斗姆神怀抱的婴儿的“小鸡鸡”上掐点土，包在纸中，转身而去，一直走回家，路上不许与任何人说话。回家后，先到儿媳居室（儿媳按事先安排，在卧室专等婆婆归来）说：“妈给你把娃要回来啦！”然后把包土的纸包递给媳妇，让其和水吞服，至此，仪式就完成了。由于象山庙会在县城周围地区是一个较有名气的古会，所以祈子者众多，不但将斗姆神怀中婴孩的“小鸡鸡”掐光，甚至把长“小鸡鸡”那个地方竟挖出个大洞来。

过去，人们从东麓上山，都要沿着一条“之”字形的羊肠小道攀爬，人称“上象山，十八弯。”以至“上象山，十八弯，一弯一棵树，一树三圪杈，一个圪杈三鸟窝，一个鸟窝三个蛋，问一共能有多少蛋？”成为儿时猜谜游戏必出的一道题，可见象山在当地的知名度之高。

中华人民共和国成立之初，象山上的建筑基本完好，院中两棵一搂抱不住的高大松树还在。到了 20 世纪 60 年代初，庙院中的建筑已现破败，“文革”时被彻底拆毁。直到象山被纳入三山公园建设重点之后，山头才新建了个亭子。近年，那座亭子又被拆除，山头被推平，建了个偌大的宫殿。大殿的西边，紧挨着又建了个比大殿更高的阁楼，殿阁之南，修了个广场，广场之南又盖了几间平房。山之南端，还建有大殿和楼阁。

看到这般光景，我就不明白了。既然主事者是要把此地建成象山公园，而且是“森林公园”，那为啥不去重点造林，而要在山之最高处建一座体形硕大的宫殿，还要再建几座高大的古典式阁楼，是让游人在此游览，还是吸引游客在此修道上香？若是这般，就与森林公园的意义相悖了。

如果要恢复象山古建，那为什么不仿照前人做法，依山势而复建曲径通幽、古香古色的古建筑群呢？

削平山头，盖个体量硕大的宫殿，已经与山头地形失去协调，何况紧靠殿西再盖个比宫殿还高的大型阁楼，更是让人觉得堆塞、压抑。因为山头最高处，有一座压轴性的建筑即可，再加一座，便是蛇足，更是累赘，令人有头重脚轻之感。

更需要指出的是，韩城的地势是西北高东南低，按照传统的风水观念，以前各村村民大都要在村的东南方筑塔一座，以补东南之不足。这虽然名为风水，实为儒家哲学中庸、平衡、和谐理念的体现。为此，韩城人于清雍正年间在古城东南的原上建起了一座高大雄伟的五星塔，以补古城东南之不足，也成为古城周围一处重要的人文景观。由于塔基倾斜，加之当地村民引水溉田，遭到水浸，塔于 1986 年倾倒，至今未予修复，成为韩城人心中抹不去的痛。如今不想方设法去恢复这座曾是韩城最高的古塔，却愣在古城西北的象山之上大造高楼，实在让人匪夷所思。

由象山东麓登山，刚到山顶，原建有砖洞一座，算是进入象山的大门。砖洞朝东南，额刻“朝霞映翠”，作为旧时韩城八景之一的“象岭朝霞”之名即由此衍生而来。砖洞之上原无建筑，只是作为门洞而已。现在竟在其顶建起了两层高的楼阁，虽然气宇轩昂，但与昔日建筑布局相比，不合比例，失去了依山势渐次增高之感。

在朝霞映翠洞门之南，建有木亭一座，之上既无匾额以示亭名，楹柱上又无对联作为点缀，文化含量，略显不足。

象山的植被由于以前破坏严重，几乎成为秃山。从 20 世纪 60 年代起，政府就采取措施对其进行绿化，我当年在象中上学时就参加过植树活动。由于管理失调，收效不大。直到 1990 年，有关部门才开始对象山有计划地进行绿化，并开始了象山公园的建设。先说是叫“三山（象山、狮山、苏山）公园”，不知怎的后来又改称“象山森林公园”。

什么是森林？《辞海》定义为“一种以乔木为主体的植物群落。”什么是森林公园？《辞海》定义为“利用森林地区建设的公园”。它的前提是以大片森林为基础。然而看看我们现在的象山森林公园，原本无森林而称森林公园，就有些名不副实，何况经过 30 多年的建设，虽已大体绿化，但大型乔木之少，仍难支撑起“森林公园”之名。而于 1993 年 7 月建成的新城桢州大街，其两旁的国槐，现在已经长到一抱粗了。

2018 年 9 月 2 日

怀念改明

——改明逝世三周年祭

题记:《怀念改明》一文，写于1999年10月25日，是对好友王改明逝世三周年的追思，但一直没有发表。时光荏苒，不觉20年已经过去。2016年1月17日，是改明逝世20周年忌辰。他女儿浩洁为了写纪念她父亲的文章,通过韩城报社副刊编辑马玉梅女士向我征询有关她父亲的照片。马女士也顺便问起有无关于改明的文字。此举如一石击水，又激起我心中波澜。我说有17年前写的一篇追思改明的文章《怀念改明》，这篇文章不仅寄托了我的个人情思，更是想为改明在韩城人的心中留下点纪念。

2015年12月24日

改明离开我们，已三年多了。

三年来，他的老师、同学、朋友无不为他的英年早逝而惋惜。谁能相信，像他那样政治上正趋成熟、创作正趋旺盛、体魄健壮、性格开朗的人，怎会突然被肺癌夺去生命?

改明姓王，笔名叶知秋、薛峰、夏阳等，是我省文坛及新闻界的一位活跃人物。他世居已被薛峰水库淹没的薛峰村，20世纪70年代修水库时，迁至夏阳乡张堡村。1964年毕业于陕西师范大学中文系，当过中学教师，因才华出众而被调至《陕西青年》杂志社当记者、编辑。曾任《陕西青年报》副社长、副总编，《生财与生活》杂志社社长兼总编辑。系中国作家协会陕西分会会员、全国散文家协会会员、陕西现代文学研究会理事、主任记者。发表诗歌、散文、小说、通讯、报告文学、剧本、评论、学术论文达300万字。在其主要著作中，与人合著的有《中国古典文学译注》上下卷、《古代汉语纲要》《和青年朋友谈创作》《千秋太史公》等。单独署名的作品有《红军女侠》《奋斗者足迹》《马振邦传奇》等。其中《红军女侠》获江西、湖南、山东、陕西四省少年儿童出版社联合出版的《革命先辈的故事》丛书创作优秀奖。改明的作品数量，在省内的知名度和影响，在我市中青年作家中，目前尚无人能望其项背。

改明创作的指导思想，始终贯穿着一条红线，那就是讴歌共产党领导下的革命事业，讴歌我们的时代，讴歌在社会主义革命和建设中涌现出来的英雄人物。有人说他是“歌功派”，他坚定地说，我就是要当歌功派，而且要一当到底，这就是改明一生最可贵的政治品质。

改明与我同毕业于象山中学，他高我两级。我知其大名，是在象中时，经常在学校的黑板报上见他写的诗歌、短文。而与其交往，则始于1985年。那时，我在市志办供职，他因与人合写《千秋太史公》需要找一些有关司马迁的资料，便来市志办。市志办领导让我与其接洽，我见其性格奔放，语意诚恳，便将我抄录的历代文人吟咏司马迁的诗歌底稿借给了他。之后一来二去，我俩便成了熟人。

1986年6月，市上要给规划好的新城区街道命名，受市城建局局长薛兴国之托，改明主持了此项工作。在拿出命名方案之后，他因单位有事去了西安，委托我在市政府办公会上作汇报，并顺利获得通过。这是改明与我共事的开始。

1986年后季，由团省委主办的《陕西青年报》复刊，改明作为副社长、副总编，负责人事招聘工作，他邀我加盟，于是我便去了报社。

通过长时间的交往与共事,使我对他有了比较全面的了解。

多年来，改明虽身居省会，却心系故里，他爱家乡的山山水水，他对故土有着万千情结。家乡每有重大活动，他必参与报道，家乡每有新人新事涌现，他都尽力予以宣传。在他发表的长篇通讯和报告文学中，有相当一部分是写韩城的。比如，有写省特种教育战线上的一面红旗——韩城聋哑学校的；有写省教育先进单位象山中学的；有写全国税务系统先进单位韩城税务局的；有写为韩城新城建设立下了汗马功劳的城建系统干部职工的。他曾带领陕青报记者、编辑专来韩城采访，他也为《韩城报》的复刊出谋划策。他生前曾对我说，等他把手头几部作品的稿子处理完之后，再把他发表过的关于韩城的长篇通讯、报告文学结集出版，赠送给韩城市政府和有关部门，也算是了却了他一番故乡情结。

改明讲义气，重感情，朋友有困难，他倾力相助；即使陌生人求他办事，他也会慨然应允。一位同志因下海做生意向他借款，他毫不犹豫地将刚拿到手的一万元稿费悉数借出，尽管当时他三个孩子上大学，一个孩子上高中，正值用钱时节。他在杂志社当编辑时，某县一位青年给杂志社写信，说自己因家庭、生活等问题陷于苦恼，甚至有轻生的念头。改明见信后立即看望了这位青年，后又多次给其写信，谈理想，谈人生，使这位青年重新鼓起生活的勇气，努力学习写作，其作品在杂志上多次发表。一次改明和我下乡采访，他又步行数里，再次看望了这位青年。这位青年感动得不知说什么好，只是连声说："王老师，你真是好人，你真是好人！"

马振邦是我省武术界名宿，陕西省武协原副主席、武术高级教练，也是著名武术运动员赵长军的老师。改明因采访与其相识，继而成为至交。因马振邦的人品、武德、武艺感人至深，改明遂决意为马兄写一本传记。经过几年的深入采访和资料积累，1995 年前季，开始闭门写作。夜以继日地写稿、改稿、校版，使他身心俱疲。就在这时，可恶的病魔向他袭来。但他并未察觉，只是稍觉不适，随便吃几片药就挺了过去。及至书刚印出，他还未来得及参加首发式，即剧烈头疼，大量咯血，经查，已是肺癌晚期。他在该书的后记中写道："写完这本传记《马振邦传奇》，真有种如释重负之感。我仿佛像一个长期负有重债之人，经过数年含辛茹苦的耕耘，用自己的血汗还清了这笔债务……"改明说的确是肺腑之言，他真的是用心血在浇铸朋友之间的情谊，用心血在践行自己执着的追求。

改明为人直率，热心提携青年后生。他在杂志社工作时，一次出差，路过西安火车站，偶见一青年在车站广场写生。他见其画还画得不错，便问其姓名、住址和工作单位，并顺便记了下来。后来《陕西青年报》复刊，缺一美编，改明便想起了这位青年。他按图索骥，终于找到了那位名叫韩平刚的青年和他的工作单位，几经周折，才将平刚借调了过来。平刚非常感激，上岗后工作十分勤奋，经常夜间加班，他说他要以实际行动报答王老师的知遇之恩。

改明不但热情为年轻的业余作者改稿，还注重对少年儿童的培养。为了提高少儿的新闻意识和写作能力，他曾组建了一支小记者队伍，并办了份《小记者报》，专门刊登小记者们写的新闻稿件和对这些稿件的评论，深受小记者的欢迎。

改明性格豪爽，待人赤诚。一年四季，他家都有客人，有韩城的各级领导，有亲朋乡党，也有请他办事的陌生人。但不管是谁，他都热情接待。因此，团省委一些与他要好的同事戏称，改明家是“韩城接待站”。他爱打乒乓球，球技也不错。常常下午下了班，团省委一些年轻人就围着他要打球，而且约定谁赢谁请客。但每次不管谁赢，必到外边吃饺子，买单的必是改明。他善解人意，我在报社时，他常常在周末约我到他家吃饭。一次他回韩城，办事之余，借了一辆自行车，拉上一位朋友，到生产资料公司买了一袋尿素，星夜送到我家。后来我休假回家，妻才给我说了此事，令人颇为感动。

改明非常尊重自己的老师。每次回韩，不管因公因私，他都要登门看望，特别是李录勋老师、郭建安老师和远在澄城县的韦润轩老师。数十年坚持不断，这是难能可贵的。20 世纪 80 年代初，某老师因家中盖房缺乏木料，他知道后利用自己的人脉关系，要来木材指标，自己垫钱购买，又请该部门领导找来卡车，将木料亲自送往老师家中。他有个打算，从上小学到大学毕业，选出几位在他人生道路上有过重要影响的老师，每人写一篇回忆录，每年教师节发表一篇，最后汇集成册，取名《献给老师的爱》。谁料痴心未报人先去，白发竟送黑发人。他给老师留下的，是挥之不去的思念和惋惜。

1987 年后季，《陕西青年报》又停办，人员被合并到团省委主办的《当代青年》杂志社，我回到韩城，改明继续在西安打拼，很累，也很辛苦。

改明病倒的消息，来得很突然，韩城人知道的极少。待我闻讯去省人民医院看望他时，已是病危。他打着吊针，插着氧气，脸色苍白，说话有气无力。他不知自己的病情，竟天真地对我说："我的病不要紧，等头不疼了，就可以出院。精神差不多时，还想回韩城，看看大家。"稍停片刻，他艰难地从枕头旁取出一本《马振邦传奇》给我，继续说："近来忙着给马哥写这本书，刚出版，还没来得及举行首发式，就病倒了。送你一本，没签名，等我病好了，给你补签。"他愈是天真，我愈是难过。这时，护士催我尽快结束探视。看见他那双对生活还充满希望的眼神，看看他那羸弱的身躯，我强忍眼泪，说了句连自己也没听清的话，捧着他送给我的那本充满了他与马哥之间深厚情谊的绝命之作，头也未回地离开了他的病房。

噩耗终于传来了。我们的老友、《西安晚报》社副刊编辑张月赓打来电话，通知我参加改明的追悼会。我说，我不能去，因为我太伤心了，就像他当年不去参加挚友薛兴国的葬礼一样。

改明走后，本该早写点文字，以寄托对他的怀念。但一提往事，就心情激动，思绪万千，难以着笔。今年是他逝世三周年大忌，为了表示不能忘却的纪念，我下定决心，写下这篇《怀念改明》，作为对故人的祭奠。

1999 年 10 月 25 日

王长民印象

——在重阳节老友团聚会上的发言

以前不认识王长民先生，只是听说人挺能干。及至见到其人，确实与众不同。观其仪表，不同常人者有三：

一是个子小，二是眼睛小，三是肚子大。

个子小，有利于积累能量，与干事大小无关。世上成大事者，小个子不少。西方法国的拿破仑，东方中国的马云，皆小个子。先生之成就虽不能与他们相比，但亦算韩城小个子人中事业有成者之一。

眼睛小，聚光，看得远，能看到别人看不到的东西。

肚子大，装得多，大肚能容天下可容之事。在先生的大肚中，装的事多，装的学问多，我等望尘莫及。

先生不仅个人形象与众不同，其做事也与众不同。

一是敢为天下先。

20 世纪 80 年代末，先生便在新城香山路的西口拐角开了韩城第一家私人酒楼，名曰“双龙酒楼”。在此：

他第一个在酒楼开设了卡拉 OK 厅，他第一个把韩城传统的“十三花”酒席推向了市场，这比前两年有人想在饮食市场推出“十三花”，早了 30 多年。

他创办了鸿锦公司，第一个在韩城举办乘凉晚会，邀请西安秦腔名家白波平、孙存碟、李淑芳等现场演出；他又第一个在韩城举办著名歌星演唱会，邀请郁钧剑等来韩献艺，使韩城人足不出县便能现场一睹明星的风采，把韩城的群众文化活动提升到一个很高的层次。

他第一个与中央电视台联系，把韩城的歌手送上了“星光大道”，并亲任评委。他又与中央电视台联系，想在中央电视台播出宣传韩城的系列节目，最后促成了两年前央视7套在司马迁广场举办的一次直播活动。

他第一个策划并参与了在韩城举办的“全国锣鼓大赛”，使韩城鼓乐闻名国内外。

二是在文化领域屡出妙招，在经济领域也多有付出。

他曾计划在古城西南建一座元代建筑城，以弥补古城建筑文化的不足，最终虽未实现，但仍可显现出先生不同凡响的手笔。为了振兴韩城，他策划成立了振兴韩城经济促进会，并任秘书长。通过促进会，团结了一批散居于西安、北京、兰州、乌鲁木齐、西宁等地的韩籍老同志及事业有成者，为振兴韩城经济出谋划策。他还创办了促进会刊物《龙门映象》，及时交流有关家乡的经济文化信息。

先生以振兴韩城为己任，既能出谋划策，又能身体力行。记得前几年的一个夏天，天气非常热，他和另一位已退休的老领导为捐资助学，冒着酷暑回到韩城。由于事先沟通不畅，事情进展并不顺利。他同这位老领导跑这家跑那家，又跑相关企业，大热天，汗流浃背，我心疼其劳累，他却说：“豁出去啦！”其精神实在感人。经过几番努力，终于如愿以偿。

三是先生有才学，还是位性情中人。

记得某公司初到韩城搞开发时，曾举办了一次以司马迁为主题的征联征文活动，其中一副对联并不怎么样，且又有错字，竟然获特等奖，韩城文化圈内人颇多微词。我于是写了篇评论，题目是《莫教垃圾污圣祠》，发在网上。谁知王长民先生看到后，立马联系我，说文章写得切中要害，想发表在《龙门映象》上，但题目太激进，直说就是欠文雅，要我修改。经协商，于是我将题目改为《莫在圣祠弄斧斤》，他随即予以发表。从这件事可以看出，先生不仅做事有胆有识，更是进退有度。

四是先生重友情而轻钱财。

虽在文化圈打拼多年，却未致富。多年来，他虽人在西安，但却心系韩城。每年正月，他都要邀请韩城的老同志和志同道合者聚餐，畅谈发展韩城经济文化的愿景，畅叙友情，令人感动。去年，他因年事已高，身体不适，虽辞去了促进会的职务，回家休养，但仍心系促进会的工作。今年重阳节，先生又以抱病之躯，在此设宴，款待各位嘉朋挚友。在此，我谨向先生致以崇高的谢意，祝先生及各位佳节愉快，身体健康，阖家欢乐！更祝先生早日康复，健康长寿！

意犹未尽，谨以程喜庆先生的一首诗，来结束我的发言，亦表达我同样的心情。

自古韩原多功臣，谈今莫忘王长民。
潮头英雄铁打汉，助推文化一狂人。
穷乡僻壤连苦根，一草一木爱得深。
少时已立脱贫志，誓以表率示子孙。

初营摄影练打拼，后办彩印翻了身。
敢标“双龙”领头雁，继创“鸿锦”率大军。
捐资助学献爱心，“星光大道”续乡音。
名流莅韩他搭桥，既扮红娘又贴银。
锣鼓大赛震乾坤，《龙门映象》聚乡亲。
风风火火大策划，兢兢业业细耕耘。
敢想敢干满屋锦，为民为众见精神。
韩城日新十样景，会馆月异一路春。
事功每每见新闻，善举多多誉三秦。
年逾花甲仍疯拼，可歌可泣玩命人。
人生固然需勤奋，累倒却非明智君。
见好就收乃常理，圆梦还有后来人。

2018 年 10 月 17 日

地名中的历史与文化

什么是乡愁？乡愁是故乡的土地，乡愁是故乡的风情，乡愁是故乡的历史和文化，乡愁是“生于斯，长于斯”的每一个人的精神支柱和归宿。

在坚持改革、坚持开放的今天，我们不仅要开拓、创造，更要不忘根本，记住乡愁。借此次参与新地名志编写之机，略谈近年乡镇地名更改中存在的一些问题。

薛峰与板桥

“薛峰”一词，在明万历三十五年（1607）纂修的《韩城县志》中，称“薛封”。其来历，据清康熙五十七年（1718）重建平阳王庙碑记载，唐初名将薛仁贵之孙薛嵩得封于现薛峰水库所占之地，于是此地便称“薛封”（见《韩城市地名志》），久而久之，薛封所在的这条大川也便称作“薛封川”。

由于薛封地处山区，多山峰，“峰”“封”同音，到清代，人们渐将“薛封”称薛峰，“薛封川”也就被称作“薛峰川”了。

薛峰川是韩城仅次于二十里川的第二条大川。其纵深在韩城境内就有35公里。这条川道不仅自古农、林、牧诸业发达，而且还有着非常丰厚的文化积淀。

这条川道多名山，猴儿山、牡丹山、牛心峡自古就是旅游胜地，香山寺、横山观、九郎庙、子夏祠等更增添了这里的人文景观。

传说东周末代天子周赧王逃往秦国后曾在这里避过难，留下了“香山寺内金钟响，孟峪沟里有赧王”的民谣（孟峪沟系薛峰川西部一条大沟）。

传说春秋时晋文公重耳在逃亡期间，曾在这条川道一个名叫南沟的村里隐居。在秦国的帮助下，重耳复国，是为晋文公。这个村的百姓为了纪念这件事，便在村里为其建祠，名叫“晋公祠”，村名也便更名“晋公村”。

传说这条川道里的牛心村还曾是春秋时晋国“赵氏孤儿”的藏匿之地。牛心村以东的东泽村、以西的王村、白马滩均建有九郎庙，白马滩还有“藏孤”的许多传说和遗迹（白马滩系薛峰川向西的延伸部分，以前属韩城，今划归黄龙县管辖）。

川内有一山，名高龙山，传说是当年宋金屯兵、金元大战的古战场。

金元时期，韩城一度升为“桢州”，辖韩城、合阳两县。州治驻古城，韩城县治便迁至薛峰川的土岭之上。虽说时间不长，却也说明了薛峰川经济的富庶和地理位置的重要。大约就是这个时期，诞生了一个传说：“牛心村某户人家生了一头五条腿的驴，此驴跑得飞快。吃中午饭时，面条都下到锅里了，骑上毛驴到县城买菜还能赶得上。此事朝廷知道后，要县官将此驴进贡到京。不料圣旨传来，驴却突然死了。朝廷以为地方民众抗旨，于是派兵前来剿杀。村人闻讯后逃至附近山里躲藏，待官兵走后才回到村里。恰逢逃跑的那一天是腊月二十三，没赶上送灶君，无奈只好第二天晚上补送。”为了纪念这个事件，村人便循例，把每年送灶君的时间定为腊月二十四，这就是民间流传的牛心村腊月二十四送灶君的缘由。

明万历年间，这里出了个惠州知府赵濂。赵濂坟就修在一个前低后高、如龙饮水的山丘之上，非常壮观。

清代，这里出了个武解元程大鹏。

川内药树村旁，有横山观。昔日此地山清水秀多仙洞，又有古道观，为当地名胜。不但每年三月二十七有盛大庙会，而且每逢大旱，四方乡民多到此祈雨。

据清康熙年间纂修的《韩城县续志》载，当时在全县设有四镇，薛峰即为其一，并立有集市，以便西部山区乡民的物资交易。此建置一直延续了数百年。1940 年韩城设八乡一镇，薛峰川一带称“濞源乡”，乡政府驻地仍在薛峰村。

中华人民共和国成立后，薛峰为“薛峰区”；1958 年撤区设乡；接着实行公社化，改称“薛峰公社”。之后再经几次行政区划变动，才从薛峰公社分出了个“板桥公社”。板桥公社在后来的行政建置变动中，改称板桥乡、板桥镇。

前两年搞乡镇区划合并，板桥与薛峰又合了起来，称“板桥镇”。

按说，合并后的两个乡镇，在命名时，应按照“尊重历史文化、反映地理特征、名副其实、尊重群众意愿”等原则，称“薛峰镇”。因为薛峰之名，来历久远，此处设镇，已有 300 多年。且薛峰一词的内涵与外延，已涵盖了自土门口往西数十公里的整个薛峰川地域。更重要的是，薛峰作为地名，凝聚了深厚的历史和文化信息。而原板桥镇，只是 20 世纪 60 年代从原薛峰乡分离出来的部分地域，现在合并，表面看是平行的行政区划合并，但从地域历史与文化讲，是回归母体。况且“板桥”一词，出现时间短，缺少文化元素，作为这个地区的建置名称，实在代表不了这个地区的文化传承。

命名者可能会说，此区划建置的治所在原板桥镇，所以就应称板桥。但其不知，任何朝代，任何政府，在划分区域建置时，都是先确定地域（怎么分或怎么合），再确定新建置的名称，再选择治所驻地。例如以前的苏东镇，中华人民共和国成立前及成立初，称乔南乡，是为了纪念对韩城城乡建设作出杰出贡献的地方名人刘荫枢（刘荫枢，字相斗，号乔南，系本市潭马村人，清康熙年间曾任贵州巡抚）。而乡公所驻地，先在姚庄，后迁坡底村，但乡名不因驻地变迁而改变。乔南乡后改称红旗公社、苏东乡、苏东镇，但乡镇政府驻地一直未变。

正是由于命名者不了解薛峰的历史文化，不了解地名的命名原则，所以作出的命名才为众人所诟病。

本文所说的只是关于这个行政区划的命名。至于决策者为什么要把新区划建置的治所设在药树村，可能还有其他原因。再说两句题外话，药树村东距城区只有几公里，而距辖域西界远达几十公里，许多村民到镇政府办事，要跑很远的路。而东泽村地处薛峰川中部，依公路，傍澽水，为川内文化名村。从20世纪80年代起，市上就在这里设集市，成为川道经济贸易中心。为了镇政府工作人员下乡方便，也为了村民上镇政府办事方便，为何不可以把镇政府设在东泽村呢？

王峰与桑树坪

“王峰”之名，在韩城人的地域概念中，指的是龙门以北的广大山区。据明万历三十五年（1607）纂修的《韩城县志》记载，明嘉靖中叶，韩城分为4乡36里，“里”大约就相当于现在的行政村。其中北原一带为山覝乡，辖9里，“王封”为其一里，范围就包括现桑树坪镇整个地区。由此可以看出，“王封”作为北部山区的建置名称，至少已有400多年。同薛峰一样，由于这个地区多山多峰，而“封”“峰”又同音，随着时间的推移，便转称为“王峰”了。

关于“王封”一名的来历，民间有一种传说。说此地有辽代萧太后墓，故称“王封”（按，“封”有多种含义，其中一义为坟墓）。但萧太后并不是王，称“王封”未免有些牵强。最大的可能就是，此地原有一王姓人家的较大坟墓，故而称“王封”，随后便以此称村名，在地广人稀的当年，又以这个当地最大的村名作为这个地区的名称了。

民国二十九年（1940），全县设8乡1镇，北部山区称北固乡，乡政府仍驻王峰村。1948年韩城二次解放，全县设1市8区84乡，其中王峰设区，辖乡9个。1956年再设“王峰区”。1958年改称“王峰公社”。1964年再设“王峰区”，辖王峰、枣庄、林源、独泉4个公社。1970年撤区，仍保留王峰公社之名。1980年7月将王峰公社的北竹园、杨家岭、崖岔三个大队划出，合桑树坪煤矿居民委员会，成立了桑树坪镇。其他辖域于1983年改称王峰乡。

从该地区简单的历史沿革可以看出，不管行政区划如何变，建置如何变，王峰作为这一地区的名称，始终未变。

说起王峰，人们自然而然地会想到这里有自古就以冶铁出名的冶户川，有霸王山、高祖山、五峙山、牛角梢等名山，有渭南地区唯一的原始森林，有丰富的煤炭资源，还有国家一级保护动物褐马鸡。

王峰还分布着丰富的文物古迹，卓立北寨（凤凰寨）建在一个突兀横空、高达三四十米、完全与四周隔绝的石岩山峰上，易守难攻，险峻无比。这里有雕凿于隋唐时期的韩城唯一一处摩崖造像——王峰摩崖造像；有建于明代的五池寺；还有建于清乾隆三十三年（1768）的五孔石拱桥。民国初，县上就在这里设立了王峰桥初级小学，土地革命和抗日战争时期，这块土地为革命老区，并涌现出一批优秀人物。

而桑树坪呢，只是1970年韩城矿务局在这里建煤矿时，以当地的一处地名作了矿名，1980年成立镇时，再以矿名作了镇名。既无文化含量，辐射面又小，且只有短短30多年的时间。在这次乡镇合并中，本应是以前从王峰乡分割出来的三个乡回归原建置，称王峰镇，但命名者却以小统大、以偏概全、以世俗代替历史，竟将偌大一个地区，以桑树坪命名了。

以桑树坪命名，是否同板桥镇的命名一样，以预选好的镇政府驻地为命名原则，是否也夹杂了距市区远近、GDP值等因素，笔者就不可得知了。但有一点必须重申，即不管将镇政府设在哪里，恢复使用几百年的王峰作为这一地区建置名称，是民心所向，是传承该地区传统文化的需要。我们搞改革，不能割断历史，不能抛弃乡情。须知，地名文化也是韩城文化的一个重要组成部分。

德国在二战之前是统一的，首府设在柏林。二战后，分为东德和西德。东德首府在柏林，西德首府在波恩。1990年东德和西德统一时，西德与东德相比，在领土面积、人口、经济等方面都占有明显优势，但西德并未以此优势而将统一后的德国首府设在波恩，而是还都于柏林。这不仅是选址问题，重要的是德国人尊重历史，重视保护和传承自己的文化。在这个问题上，我们不应该向德国人学点什么吗？

2016 年 3 月 13 日

莫将龙门称石门

五帝时期，黄河流域洪水泛滥，舜帝命鲧治水。鲧至梁山，由于不谙地理，欲凿山使水西流，结果洪水益甚。舜见鲧治水失败，于是以杀治罪，接着又命其子禹继续治水。禹受命之后，吸取父亲的教训，详细勘察地形，最终决定在此凿一豁口，使水南流，经过千辛万苦，终于成功。从此，洪水便顺秦晋大峡谷奔腾南下，归入大海。由于凿开之处似刀劈斧削，相对如门，人们为纪念大禹治水之功，便称其为“禹门”，将距禹门以南不远处的黄河出山口（即今架设公路桥、铁路桥之处）称禹门口。

禹门凿开之后，传说每岁便有众多鲤鱼来此争跃，由于跃上者为龙，因此后人便将禹门又称为“龙门”。“龙门”一词，来历甚早，《韩城市地名志》载，韩城自夏时就有“龙门”之称。

但是，如今却有人将龙门称为“石门”，并在龙门石壁上錾刻了大大的“石门”二字。此举不仅表现出一些人知识的欠缺，更严重的是抹杀了韩城龙门的存在，否定了韩城的历史。

何以见得？

据邑名士吉同钧考证：“天下龙门有五，一在直隶龙门县西，名东龙门口，为入山西要道。一在广东龙门县西，为罗浮山余支。一在四川绵州西北八十里。一在河南洛阳南二十里，杜诗所谓‘龙门横野断，驿树出城来’是也。其一即韩城龙门，在县北六十里，即禹贡导河积石至于龙门之处。唐人咏龙门诗甚多，皆指洛阳之龙门。吾县龙门最古，且为太史公诞生之地。以其地处偏僻，从来咏者甚少，似不足为山河增色。”（见民国十三年程仲昭纂《韩城县续志》）。

吉同钧系本市赳赳寨人，清末进士，官至刑部主事、法部郎中，授二品衔。其办案公允，法律著作与诗文著作甚丰，为一代名宦。其学问、见识，我辈难以望其项背。

虽然全国称“龙门”者有五，但不论从地理位置、地形特征或史书记载来看,地处韩城之境的黄河龙门才是真正的禹凿龙门，这已得到国家的认可。2000 年 8 月 8 日，国家邮政局在山陕龙门公路大桥举办的《小鲤鱼跳龙门》特种邮票发行仪式便为一证。

在历史上，在许多地方，名人名地之争屡见不鲜，龙门之争也不例外。吉氏撰文之目的，亦出于对韩城龙门声誉的维护。虽然韩城龙门历史最古，又为《史记》等权威史书记载，但正如吉氏所言，由于韩城龙门地处偏僻，历代文人骚客吟咏甚少，故其知名度不高。在全国范围而言，一提及龙门，一般人往往会想到洛阳的龙门。在大力发展地方旅游业的今天，我们不去通过各种渠道宣传韩城龙门这一雄奇的自然景观，反而肆意更改这一具有重要历史意义与文化内涵的地名，还要凿字以记，这岂不是授人以柄，自我否定？古人云：“君子之泽，五世而斩。”想不到此言在当今，还真的应验了！

韩城门

前段时间，在古城南端修了段城墙，筑了门洞，门洞额书

“韩城门”。这似乎是提醒来人，这是韩城门，不是合阳门、蒲城门，你只有进了这个韩城门，才算是进入了韩城，否则，就不算来到韩城。

韩城古城原有城墙，四城门也各有题词，南门题曰“濛浡门”。濛是濛水，南门面临濛水，浡有波浪涌动之意。总体意思是写南门外的景致：清澈的濛水翻动着波浪，从南门外汩汩流过。明崇祯末年将城墙全部砖砌后，南门更题为“溥彼韩城”。这是引用了《诗经·韩奕》中“溥彼韩城，燕师所完”之句。“溥”是个形容词，有广大、富饶之意，以此诗句题南门，既歌颂了韩城广博富饶之美，又隐含了韩城古老悠久的历史。可惜，城墙后来被拆了，门洞和题词也都没了。

今人将其修复，倒也是件好事，然其不但在选址、规格上违犯了修旧如旧的原则，又无中生有地在南城门外再建了一座城门，额题“韩城门”，此门额题名对韩城这个文史之乡来说，实在不妥。有人说，北京没有北京门，西安也没有西安门，唯独韩城却有个韩城门。这倒像个路标，但挂在古城南门洞不大适宜，因为古城不能代表韩城，应该挂到韩城、合阳交界和韩城、河津交界才符合实际。

解家村

解家村的“解”，作为姓氏，本读“hāi”。几百年来，不论是解家村的村民，还是其他村的村民，说到这个村子，都称“hāi 家村”，说起姓解的人，都称“hāi 某某”，但现在的人，把这个姓都读作“xiè”了。

《新华字典》中“解”有三种读音：第一，读“jiě”，作动词用，如“解除”“解释”等；第二，读“jiè”，用作押送财物或犯人，如“起解”“解款”等；第三，读“xiè”，作明白和姓氏用。但“解”字作为姓氏的古读音，编字典者未必对其进行过深入的了解和研究，因而就没有给“解”标注出第四种读音“hāi”。这样，“解”读作“hāi”，除了在当地民间口头流传外，在正式场合，人们便把“解姓”的“解”都读作“xiè”了。

一个汉字的古读音，不见得《新华字典》没标注，这个读音就不存在。比如“野”字，《新华字典》标“yě”，但在北朝民歌《敕勒歌》中，“天似穹庐，笼盖四野”句中的“野”却读作“yǎ”，谁能说这是错？

将“解”在作为姓氏时读“hāi”，有其渊源和流传。据史书记载，“解”是一个十分古老的地名。西周初年，周武王之子唐叔虞食采于解，即现在山西运城地区的解州，国人便以国为姓，可见，“解”姓起源甚早。直至现在，山西人仍把解州称为“hāi 州”，把姓解的人称为“hāi 某某”。

据解家村人编写的《今古解家村》载，该村的解氏是金末元初由山西稷山县迁徙而来。而稷山与解姓的发源地解州同属运城市，且辖域毗邻。足证稷山之解氏为解州解氏的迁徙地之一。至于解氏再迁徙至何处，未作统计，但听说陕西周至县也有个解（hāi）家村。可见，不管时代怎么变，解氏子民在口语上，还传承着本姓氏古老的文化信息。

陶渠村

陶渠村地处吕庄川，芝水之畔，当地人称“yǎo 渠”。

为什么称“陶渠”？这与“陶”有关。

《辞源》对“陶”有三种读音。一读“táo”，陶器是也。二读“yáo”，即窑。三读“dào”，驱驰貌。陶渠村名为什么称“yǎo 渠”，与这里曾是窑场有关。古人将烧制陶器、瓷器之窑概称“窑”，如钧窑、定窑等。从《韩城市地名志》等地方文化资料得知，这里的先民从古时起就开渠引河水，烧制陶器。规模越来越大，居民愈来愈多。于是，陶渠既成了河水名，也成了村名。

传说，汉武帝去汾阴（今山西万荣县）祭祀后土祠后，曾溯陶渠水而上，采得灵芝，大喜，遂将陶渠更名为“芝水”。

陶器起源于新石器时代，我市的新石器遗址多达 25 处，而陶渠以东就分布有芝川、吕庄两处新石器文化遗址和西赵庄周代文化遗址，以西有清水村周代文化遗址，以南有大鹏村新石器遗址，近年来省市文物部门对陶渠两周古墓的发掘更证明陶渠村是当年该地区的经济文化中心。瓷器是在陶器的基础上发展起来的。有资料说，瓷器始于汉代。但一种新产品的问世，还有个普及过程，所以，在汉代，人们普遍使用的还是陶器。韩城博物馆馆藏汉代陶器数量之多，质量之精美，足证陶渠当年制陶业之兴盛。

历史发展了，制陶业衰落了，遗址没有了，但陶渠这个村名及其古读音还保留在当地百姓的口中。希望不要忘了它，这是宝贵的文化遗产。

城古村

城古村位于古城东南约两公里处，民间称“she 古村”。此处无城，村何以城称？

战国时，秦在少梁以北曾筑繁庞城。吴振峰编的《陕西地理沿革》载："繁庞城故址在韩城县东南。"此处的"韩城县"是指"韩城县城"。按现在的地理位置，联想城古村的"城"字，繁庞城遗址大约就在今城古村。

据《史记》载，公元前 412 年，魏公子击夺繁庞城，并出其民。公元前 361 年，秦又从魏手中夺回繁庞城，这时繁庞已成空城。秦灭魏后这里已无战事，于是附近老百姓又迁居城中，将损坏的城墙予以修复，取名城固村。后来城没了，但村子和村名却延续到现在，只是 1957 年之后将"城固村"写成了"城古村"。

虽然现代人把城古村读作"chéng 古村"，但老一代人仍读作"she 古村"。至于把"城"读"she"，韩城方言研究者同锁林先生认为，这是古读音，不仅"城古村"的"城"读"she"，南原上城南村、城北村的"城"字也读"she"。可见，将"城"读"she"不是个例，而是源于古时普遍存在的文化现象。历经千年沧桑，尽管城没了，"城"字的读音变了，但古老的文化信息还传承于百姓的口语之中。

王家庄

韩城西庄镇有一个村，旧时的《韩城县志》和《陕西通志》都写作"王家庄"。后因住户增多而分为两村，分别称"东王家庄""西王家庄"。书面上写作"王家庄"，但当地乡民却称"玉呀庄"（口语中的"家"字省略了声母"j"）。

什么原因？因为在秦代，小篆书写"玉"，没有那一点，与"王"字笔画相同，其区别是"玉"字三横画距离相等，"王"

字的三横画距离不等，一二画距离稍近。秦汉时隶楷承接了篆体的写法，这就出现了念“玉”却写作“王”的现象。而为了区别“王”和“玉”，在“王”字第二横画或第三横画上加一点，则是后来的事，说明该村建在“王”字加点之前。但随着时间的推移，外村人、外地人一见村名上的“王”字就自然读作“wáng”了，久而久之，以讹传讹，念“wáng”的人越来越多。于是“玉家庄”便变成了“王家庄”，而其原始读音，只保留在当地人的口语之中。

将“玉”读“王”的现象在韩城并非个例。在距王家庄以南几十里的板桥镇板桥村，有个自然村叫“王封”，在距“王封”以西几十里的地方，有个村子叫“王家村”。该村以前地处村后沟中，沟称“王家沟”，当地人念作“玉呀沟”。后来村人从沟中搬出，村子更名“王家村”，但实际应为“玉家村”。现代人不解其义，都读作“王家村”了。再后来，读音简化，便读作王村。

由此可知，将“玉”读“王”，在韩城语言的衍进过程中，是一个普遍存在的文化现象。

2021 年 4 月 4 日

新彭村

新彭村地处金城区西南，前几年村镇合并时，将东彭村与西彭村合并，另立名字，称“新彭村”。

在新彭村之东不远处有南陈村、北陈村，两村合并后称“陈村”，合情合理，因为在韩城，位置相邻，名称相同而只以东西南北区分者，大抵都是古老村庄。随着村庄规模的不断扩大，部分村民迁出村外另建新村，已是必然趋势。而现在合并以原来的村名命名也是原始村名的回归，既符合人们的心理诉求，也可保留其古老的村名文化。与陈村仅一水之隔的南周村、北周村，合并后称“周村”，也是这个道理。

有老才有新，辟如在龙门镇的黄河岸边，有一个古老的村庄叫林皋村，由于村子规模较大，而黄河岸又不断地崩溃，部分村民不得不迁往村西另建新村，其中一个自然村便称“新林皋村”。因其居民是从原林皋村迁出来的，又是另建新村，为了和原林皋村相区别，所以便以新林皋村命名了。但东彭村和西彭村是两个古老而各自完整的自然村，两者合并只是行政建置上的变更，又未建新村，为何却要冠以“新”字，这个“新”新在何处？

南、北陈村合并未用“新”字，南、北周村合并也未用“新”字，但到东、西彭村合并，却用了“新”字，看来，命名者手里拿的不是一把尺子。

给村庄命名是一件严肃的工作，它涉及到地名文化的传承，不能随意而为。

兴华村

在嵬东原，将堡安村、北华池村、南华池村、瓦窑头村合并后，起了个新的行政村名，叫兴华村。

这次给合并后的新行政村命名的基本原则，一是恢复其原始名称（如南、北陈村合并后称陈村）；二是以几个自然村中规模较大的自然村名命名（如郭庄和上干谷村合并后称郭庄村委会），但堡安、华池、瓦窑头合并后却立了新名，令人一头雾水。

堡安村是嵬东原上一座较大的村庄，有历史，有文化，虽然韩城目前关于“三国一城”的考古尚未结束，但从以前的考古资料来看，此处极有可能是古梁国、古少梁、古夏阳的都城或邑城遗址，村中至今还藏有“夏阳旧址”碑石一块。将合并后的行政村称“堡安村委会”，是对历史、文化的传承。

如果不以“堡安”命名，以“华池”命名也是一个不错的选择，因为据学者研究，“高门”“华池”不是谁都能用的村名，它必要有所依附。因此，“高门”很可能就是古梁国都城北门之名，“华池”则为古梁国的苑囿之称。后来古梁国消亡了，而高门、华池作为地名传承了下来，这两个地名及“仪门”，不但承载了重要的历史文化信息，更为考察古梁国遗址提供了佐证。其次，司马氏入少梁后，就居住在华池。民国十三年（1924）程仲昭编纂的《韩城县续志·古迹》载：“华池，在今华池村，池旁有阁，匾曰‘汉太史司马公故里’。”而司马迁的先祖司马错、司马靳也葬于华池。在韩城，有几个村庄能有华池这么厚重的历史呢？

司马迁把华池写入了《史记》，而我们为何不继承史圣遗风，把华池这个历史悠久的地名传承下去呢？

地名承载着乡愁，倘若地名没有了优秀传统文化的滋养，乡愁将寄托何处？

山庄村

在金城区西南，有一行政村名叫山庄，是山底村、王庄合并后新命名的行政村名。

这种命名，确有欠妥之处。第一，它不符合自20世纪50

年代农村始有行政建置时形成的基本原则，即几个自然村联合成立农业合作社时，以规模较大的自然村名命名，而是为了平衡关系，每个村各取一字，组成新的行政村名。这一名字立起之后，首先让人不知山庄在何处，其次“山庄”是什么意思，寓意不清。

《韩城村寨与党家村民居》一书载，过去，韩城西部山区的村庄，相当一部分称为“山庄子”。所谓“山庄子”，是川原地区富裕人家为了扩大生产经营，在山区大量购买土地和山林后建立的定居点，其主要居民为佃户或雇工。而《辞海》对“山庄”的解释则为“山中住所”。此二村虽西靠山区，但不在山中，无论以哪个解释去衡量，以“山庄”为村名，都不准确。

第二，按照地名命名法则，“村”和“庄”是一个意思，称“村”者如范村、白村就不需要再加个“庄”字；称“庄”者如姚庄、马庄也不需再加个“村”字。而“山庄”已有“庄”字，再加个“村”字，就显得重复而不合理了。

第三，命地名需朗朗上口，不能诘屈聱牙，而“山庄”发音均为阴平（一声），有些拗口。

命地名有其法则，如果为了所谓的平衡关系，照顾情绪，有些地名的命名就更棘手了。譬如，板桥镇有个明星村，由三个行政村所属的三十个自然村合并而成，但其名称，只用了三个行政村中“明星村”的名称。如果这三十个自然村中的居民都要求新村名采用自已村名中一个字的话，那这个村名就长得无法口诵了。

2021 年 6 月 6 日

辉腾紫极耀韩城

——乡贤王杰事略

王杰，字伟人，一字惺园，清代韩城庙后村人。乾隆二十六年（1761）殿试，乾隆亲点为状元。随即授翰林院修撰，擢升侍讲，五迁至内阁学士，历吏、礼、兵、刑、工五部侍郎，迁左都御史。为母丁忧期间，授兵部尚书。乾隆五十二年（1787）授东阁大学士，总理礼部。前后四充乡试考官，五充会试考官，四任学政，直南书房、上书房、军机处，赐紫禁城骑马，赐花园、住房各一所，两次图像紫光阁。死后赠太子太师，入祀贤良祠，谥文端。其功名，彪炳于世；其为人，高风亮节。数百年来，为史志所刊载，为百姓所赞誉，已然成为司马迁之后又一张亮丽的韩城文化名片。

近年来，随着旅游事业的蓬勃发展，当地对王杰的宣传力度也在不断增强。但人们所津津乐道的多是其状元宰相、天子之师这些表面荣耀。而对其人品业绩，还缺乏全面深入的研讨。为了帮助邑人学习和传承乡贤的为人之道、为政之道、还原王杰一个真实的形象。笔者在广泛搜集王杰有关资料的基础上，整理出此文，供读者参考。

出身寒门

王杰的先祖系山西洪洞人，明末迁至韩城庙后村，到王杰这一代已是第七代。前六代，皆为平民，无功名。

王杰的父亲王廷诏，是个读书人，曾任浙江石门县主簿。主簿是知县的辅佐，主管户籍、缉捕、文书等事务，由贡监及吏员中拔擢除授。由于只是个正九品级别的小官，薪资也不会很多。四年之后，去官归乡，囊中渐空，以至不能自给。廷诏共三个儿子，王杰行三。虽家境贫困，但廷诏仍尽其力，供三个儿子读书。

王杰 30 岁那年，以拔贡生选授蓝田县教谕，这倒是个改变处境的好机会。不料未赴任，他父亲却辞世，于是与两兄治丧，并在家守制。所谓守制，指的是父母去世后，凡在朝做官的，不论官职大小，均应辞去官职，回乡治丧并在家守孝 27 个月。在此期间，不任官、不应考、不婚嫁。期满之后，方可重新工作。

王杰父亲去世后，弟兄三人便分了家。其两位兄长因善于经营，日子过得倒还可以。而王杰由于不谙经济之道，甚为窘迫。但他既不愿连累兄长，也不愿向人乞怜，而是奔走四方，打工求食。好在守制期满之后，经曾在关中书院求学时的恩师孙景烈的举荐，到时任陕甘总督尹继善的幕府去做书记，才解了他的燃眉之急。所以，王杰同时期的清代著名散文家、桐城派之执牛耳者姚鼐在为其撰写的《皇清光禄大夫太子太傅东阁大学士文端王公神道碑文并序》中说其“服终，贫甚，为书记以养母”是可信的。

王杰故居为一座极其普通的四合院，原门楼并不高大，门额题词“绿槐永荫”，隐含此户人家姓王之意。后人将其拆除另建，现已非原貌。这倒也无可厚非。不过令人奇怪是在王杰故居的这条巷道里，却突然在几家高大门楼的四合院大门外墙上，分别挂上了“王杰祖居（第×院）”的牌子。其他几家暂且不论，单就门额题词“进士第”这户而言，令人难以置信。因为王杰先祖自迁入庙后村，至王杰已是第七代。前六代，从《韩城王氏宗谱》记载来看，连中举的人都没有，至王杰才首中进士，如今何来“进士第”祖居？王杰中状元后，随即在京任职，并未在故里建筑新房，即使要建，也不会在门额题“进士第”。因为他出身贫寒，为人低调，不会以“进士”去炫耀门第。如要建豪宅，也绝不会用“进士”去标榜。因为对于此时的王杰来说，岂一个“进士”了得！邑人薛国观在明崇祯年间曾为宰相，他曾在古城箔子巷筑一私邸，门额题词“勋阁承光”。路人一看这题词，便知非等闲之家。

实际情况是，王杰二伯父的孙子王逢时于乾隆三十一年（1766）中武进士，王杰大伯父的孙子王得时于乾隆五十八年（1793）中武进士，两人均系王杰的堂侄，只有他俩有资格在大门门额题词“进士”，但这已是王杰以后的事了。倘若将其说成王杰祖居，不但有悖于史实，而且对游客更是一种误导。

文光射斗

王杰生性聪颖，4 岁即读诗书，8 岁能作榜书，深得其父喜爱并严加教导。18 岁成秀才后，其父为了使其在学问上更加长进，便让其到西安关中书院攻读。关中书院位于省城，为省内书院之佼佼者。是时书院主讲老师为武功人孙景烈。

孙景烈为一大儒。中进士后选为翰林院庶吉士，散馆后授检讨，时间不久便辞官归里。孙不慕名利，以研究经义和讲学为业。不但为关中学者宗仰，亦为陕西巡抚陈宏谋所敬重。王杰在关中书院学习六年，深受孙公器重和栽培。其后能以优异成绩拔贡并授职蓝田教谕，孙公功不可没。

王杰在陕甘总督尹继善幕府做书记时，便以书法超群和品行端庄而为尹公所赏识。尹离任时，又将王杰推荐给陕西巡抚陈宏谋。尹与陈为至交，又皆为康乾时清官廉吏之代表，二人均先后以巡抚、总督而入阁为相。而陈又是清代著名理学大家，蜚声朝野。王杰能先后际遇此二人，可谓天赐良机。他抓住这个机遇，公事之余，虚心向两位讨教学问，求索为人之道、为学之道、为政之道。每天白天办公事，入夜不是展卷读书，便是奋笔为文，常至通宵达旦。他成名后常对人讲，我之所以能有今日，一凭孙、陈二公的精心栽培，二凭穷困潦倒时练就的真功夫。

王杰此话确属肺腑之言。他于乾隆二十五年（1760）乡试中第六名举人，翌年会试中第十名进士，殿试卷列第三，江苏的赵翼名列第一。考官将前十名试卷呈乾隆阅批。当乾隆阅至第三卷时，觉得卷中书法非常眼熟，询问左右，始知为当年尹继善奏折中字体。而尹的奏折曾因书写工美而获嘉奖。乾隆在得知答卷人姓名籍贯人品后，对考官说，此卷甚佳，遂将其拔为第一，将赵翼列为第三。王杰就这样被钦点为状元。及至引见，乾隆见其风度凝然，更加欢喜，即授其翰林院修撰。乾隆不愧为缔造康乾盛世的两位名君之一。他雄才大略，深谋远虑，他深知科举考试只不过是选拔人才的一种手段。据有关资料载，此时的国内形势是，西域战事刚刚结束，天山南北并入大清版图，新疆局势已得安定。自清朝建立以来，西北地区尚未出过状元，为了显示大清皇帝对西北地区的重视和关心，给陕西钦点一名状元，也不失为安抚民心之举。所以乾隆在点王杰为状元之后，即御制诗以贺，其中有句云："西人魁榜西平后，可识天心偃武时。"文治武功，被乾隆运用到了极致。

将王杰点为状元，乾隆固然有其政治考量的因素，但王杰的答卷及引见时的风度，仍是他获得状元这一殊誉的重要原因。赵翼虽然心中不服，但他的见识只是秀才见识。古人云："文无第一，武无第二。"一篇文章，孰优孰劣，各有评论。而若选拔人才，笔试只能占一面，重要的一面还得面试。通过面试，一个人的仪表、谈吐、思维、反应等能力即可立见，这就是当前各部门招聘人员时都要面试的原因。赵翼虽名列第三，但毕竟是个探花郎，随即被授翰林院编修，与王杰一起步入仕途。但赵翼最终官至道员，之后辞官。而王杰却稳步前进，足见乾隆眼光过人。

王杰不仅以书法见长，也能诗能文。他为沈阳故宫保极殿撰书的楹联"夜雨闲吟左司句，时晴快仿右军书"，意境清雅，对仗工整，为后人所称诵。

王杰嗜读书，更有其特点。一是坚持不懈，年轻时能在关中书院潜心学习六年，已属难得；尔后在朝为官，早朝事毕，接待宾僚应酬之后，到书房静坐片刻，即展卷披阅吟诵，从不怠懈。他书房的座右铭是"足不蹑市井，目不窥园"。"足不蹑市井"，一是避免庸庸碌碌之事干扰思维，二是避免沾染粗俗鄙陋之气。“目不窥园”，就是不去公园、花园。一是为自已争取更多的读书时间，二是避免玩物丧志。

他说得到，也做得到。

其一，他在任浙江学政时，署中虽有园林亭榭，但三年之中，他未曾去过园中一次，致使园中荒芜。清末韩城名士、进士、官至刑部主事、后擢郎中、授二品衔的法律学者吉同钧，在《跋惺园座右铭》文末写道：“我辈登科仅得微职，辄洋洋得意，徵逐于酒肆、宴会，而不知自检，故终于碌碌与草木同腐。睹公此铭，能无汗流浃背哉？”

其二，正如韩愈所言，术业有专攻，他就只读儒家之书，因为这是修身、齐家、治国之本。而对于佛、道诸家之著作，概不涉及。言谈中，不说一言；撰文时，不提一语。但他并不排斥佛道两家。即便有人提及，他避而不答。有人问其故，答曰：“我不谙此道，故不好作答。”

其三，不死背硬记，而是以裨益身心政事为目的。这样就避免了按照书本教条处事格物而导致错误屡出的结果。

其四，从不自以为是。无论是治学言事，哪怕是年轻后生，只要说得对，他会从善如流，从不以身份压人。

其五，不求名利。不喜作应酬之诗文，除了因工作需要与皇帝有一些恭和诗之外，其他吟咏及著作非常少。所著有《读易札记》和《读论语孟子录》，但只是笔记，未参订，亦未刻印。

为国抡才

王杰的宦途生涯，除了入阁为相，与皇帝商议国事而不为人所知之外，其重要贡献，就是专事教育，为国抡才。

教育为立国之本，选才乃抚政要策。乾隆正是认识到了人才培养的重要战略意义，所以从王杰入仕开始，便量才使用，让其于中状元后的第二年，到湖南去做乡试考官。此后，王杰相继为江西、浙江、顺天乡试主考，五任会试总裁，一督福建学政，三督浙江学政。(“学政”即省级主管教育的官员。)江南诸多名士，如清代著名学者，官拜体仁阁大学士的阮元，历乾隆、嘉庆、道光三朝，官拜武英殿大学士的曹振镛等人，皆出其门下。王杰又曾为上书房总师傅，(上书房为清代皇子皇孙读书之所，总师傅为师傅的总负责人。)还曾供职于南书房。(南书房是清代皇帝文学侍从值班之所，常侍皇帝左右，备顾问，论经史，谈诗文，皇帝外出巡幸亦随扈。)立朝 40 余年，无岁不司文枋，拜东阁大学士之后，总理礼部。其持文柄次数之多，主文坛时间之长，在中国科举史、教育史上，空前绝后。这是王杰仕途中的一大亮点。

王杰任学政，对门下士相爱甚笃。授课时缜密谨慎；训育时尽心尽力，以身作则；检查课业时必当面教诲，语如春风。主浙学政三次，浙江官绅士子每谈及王杰，皆心悦诚服。能在文人荟萃的浙江三任学政，足见其德才超群。否则，难以立足。

在上书房供职时，王杰曾为嘉庆少时老师。他对皇子皇孙，一概严加管教，不徇私情。一日，乾隆巡视书房，见太子被罚跪，一时气愤，令太子起立，并高声道：“教者天子，不教者亦天子。君君臣臣乎？”王杰闻其声，答曰：“教者尧舜，不教者桀纣，为师之道乎？”乾隆听罢，令太子复跪，自己悄然退去。

王杰亦关心家乡的教育事业。晚年曾给韩城文庙捐银五百两，让置田地取租，每逢乡试到省分送，以助盘费之资。嘉庆元年（1796），乡贤师彦公主持修建的西庄古柏书院落成，王杰应师彦公之请，写了《韩城古柏书院碑记》，对韩城北原借此而文风蔚起寄予了厚望。

直道立身

王杰生性简淡，注重自身修养。他奉身有制，衣冠俨然。对待子孙，严格要求，衣食俱有成规。他经常给子孙讲诵先父制定的家规。他说："先父一生严谨节约，如今幸沾国恩，你们才衣食无忧。但是我手无钱物遗赠你们，你们如不自立自强，我养活不了你们一辈子，也庇护不了你们。"他宽以待人，人有过失，必及时指出，态度诚恳而无疾言倨色。对于同事门生，他和蔼可亲。与门生谈话，劝勉殷切，如家人父子。他曾给门生讲，为政之道，当开诚布公，最不可在除弊时此弊除而他弊兴。下属官员有能者，极力举荐；不能者，指出问题，鼓励更改，从未轻易弹劾一人。对于那些以姑息为宽大者，他愤然曰："以纵恶而获取声名，于国家何益！"

王杰为人低调。据《韩城县乡土志》载，居乡里，外出只一骑一仆，穿着与百姓无异。偶于街道闻避道声，即肃立道旁，说："邑令，吾乡之父母官也。"但是，最近有人却排演了一出"状元回府"的情景剧。每逢节日，在古城街道演出。剧情是一位身着清代衣冠的人（王杰），在街上大摇大摆地行走，前边是开道锣，后边是四人抬着的红轿，再后边是红罗伞（清代高级官员出行的仪仗为黄罗伞），好不威风！如果是王杰刚中状元回府，此时应该是骑马插花而行。唐代诗人孟郊在《登科后》一诗中“春风得意马蹄疾，一日看尽长安花”的诗句就是士子们进士及第后喜悦心情的写照。倘若是王杰在退休后回府，此时他已是一介平民，也无仪仗了。何况，张扬于街市也不是王杰的性格。所以，这种不符合史实的演出，对王杰的形象是一种伤害。

王杰做官期间，执文柄 12 次，却始终不敢干以私。他对儿孙说：“入仕则正途可也，不以宰相子孙喧耀于人。”他的二公子王埁时，家谱中记载其天姿颖迈，磊落负奇气，工诗并古文词，善钟王书法，相国蒲城人王鼎赞其有鸢飞鱼跃之心，海阔天空之度。但却怀才不遇，抑郁而终。倘若王杰存有私心，儿子何至于此！

近日，某报刊登了某记者的一篇长文，主旨是说韩城人杰地灵。文中说王杰“为保清廉，他多次拒绝儿孙赴省或赴京参加考试，甚至放话‘谁录了我的儿子，我就弹劾谁’。有一次，儿子瞒着他到省里参加考试，王杰知道后下令将其考卷撕毁”。这段记述有悖于基本常识。其一，不让儿孙参加赴省赴京考试，就能保证自己清廉吗？这是什么逻辑？事实并非记者所述，王杰的第四子埉时考得贡生，在宝鸡县做了教谕。其嫡孙王鹭中了举，做了知县；王笃中了进士，官至山东布政使。其二，考官录不录王杰儿子，全凭考试成绩说话。只要无人作弊，如果录了，你有什么理由弹劾人家？其三，科举考试制度，自隋朝兴起到清末，历经 1300 多年，已臻于完善。如有人违犯了科场纪律，主考官可据实上报有关部门予以处理，但在考生未犯任何条规的情况下，不管是主考还是局外人，你凭什么去撕毁人家的考卷？在这位记者的笔下，王杰已非状元宰相，而被描绘成了一名无知、无德、目无法纪的官霸。

在记者的同篇文章中，对王杰还有下面一段记述："王杰位居高位时，仍穿布衣，着草鞋，连轿子都不坐，往往骑老马上朝。"这段话也有些凭空想象。不说以前，只说清代，官员上朝时要身穿朝服，足蹬朝靴，项挂朝珠，按官阶大小依次进入。堂堂相国，内阁重臣，能不讲礼仪，身穿布衣，足着草鞋上朝吗？

说王杰不坐轿子，骑老马上朝，也是不了解当时有关制度随口道来。在清代，紫禁城骑马是皇帝对年老大臣的一种赏赐，也是一种荣誉。凡获紫禁城骑马之恩典者，上朝时，可以骑马，不许坐轿。自东华门入禁者，只能骑至景运门外之箭亭下马；自西华门入禁者，只能骑至隆宗门外以南之内务府前下马。乾隆五十一年（1786），王杰获紫禁城骑马待遇，是年62岁。此时，按规定，他只能骑马而非不愿坐轿。

如果将王杰上朝时的形象描写为穿布衣、着草鞋、骑老马，叫人觉得此非总理礼部的大学士，而倒有点像济公。

其实，我们并不能责怪这位记者。因为他对韩城文化的了解未必那么清楚，其资料大概来自韩城一些人的口述或文章。当前，在一些地方，在旅游圈，无中生有，夸大其辞，已然成风。南开大学教授、博士生导师李新宇在《说说鲁迅的本来面目——还原大先生》一文中有一段话值得玩味。他说："我们这个时代还有一个现象很有意思：那就是贴金者以为是贴金，看的人却可能觉得是在泼粪。"

王杰清廉自守，始终如一。他主学政多年，门生成名者不少。当这些学生带上礼物为其祝寿时。他对学生说："当初我对你们说的话还记得吗？我今日如果收下你们的礼物，明日如何去继续为官？”学生被老师一贯而终的廉洁自律精神所折服。

清代名士阮元编辑的《王文端公年谱》中有这样一句话：“服官四十年，贫如诸生时。”此并非随口之言。乾隆五十二年（1787），王杰 63 岁时，乾隆曾赠王杰花园、住房各一所。而王杰辞官归里时，将花园、住房交给韩城，做了韩城会馆［地址位于北京宣武门外大街路东，民国十三年（1924）邑人程仲昭编纂的《韩城县续志》有载。历史学者，曾任韩城市副市长的李录勋先生在其所著《耕耘集》中亦有详细记述］。而其所带回的，只有数十箱书而已。更令人叹服的是，王杰为官 40 余载，官至宰相，竟未在故里购置一分土地、一处房产，回韩城时无处安身，只好当来明万历年间曾任兵部侍郎的邑名士解经邦在古城修建的万字院居住（“当”是一种租赁方式）。但是，他却捐出俸银建王氏祖祠，又捐置祠田 30 余亩，以供祭祀之费用。

王杰于嘉庆八年（1803）3 月回韩城，是年 79 岁。翌年与夫人八十双寿，嘉庆赐寿匾及礼品以贺。11 月王杰赴京谢恩，于嘉庆十年（1805）正月逝世于北京。王杰在万字院居住不足两年，逝世后，其后人才将此房“死业”（由“当”转购称“死业”），后归公。今人称其为“状元府”，并将其建为“状元府博物馆”。

乾隆皇帝之所以重用王杰，看中的不仅是其文才、人格及敬业精神，更看重其胸中韬略。乾隆五十二年（1787），王杰官拜东阁大学士，次年平定台湾，乾隆即赐绘其图像于紫光阁，并御制赞曰：“典学七闽，肃正士风。台湾民俗，颇悉心中。山海险夷，参画俱通。有佐樽俎，图貌纪功。”由此可以看出，在平定台湾事件中，王杰在出谋划策方面起了重要作用。乾隆五十四年（1789），平定廓尔喀，乾隆再赐绘其图像于紫光阁。这次乾隆的御制赞语除了再次肯定了王杰在平定台湾一事中的功绩外，又意味深长地赞道：“短诗长记，昼夜誊章。无暇赞策，人各用长。”王杰在平定廓尔喀事件中究竟起了什么重要作用而再次荣获绘像并御制赞语，只有乾隆和王杰知道。所以，姚鼐在《皇清光禄大夫太子太傅东阁大学士文端王公神道碑文并序》中就说：“而至其（指王杰）入陈禁陛，裨益朝廷者，又非人所得闻，故不可得而述也。”

王杰两朝为相，久值枢廷，始终立于不败之地，其根本原因就是持守刚正，光明磊落。他不结党，不搞私人圈子，耿直清廉，正色谠言。是时和珅与其同列相位，但和珅以满人自恃，又挟与乾隆为姻亲之势，结党营私，大肆敛财，飞扬跋扈，打击政敌，但王杰与之和而不同。所谓和，就是和平相处，小事不去计较；所谓不同，就是思想上界限分明，行动上不同流合污，原则问题，持理相争。和珅觉得王杰是他独霸朝纲的一大障碍，多次在乾隆面前拨弄是非。但乾隆深知王杰人品，从不理会，和珅也无可奈何。

《清史稿·王杰传》对王杰有如下记述：王杰每议政毕，便默然独坐，一日和珅执其手曰：“状元宰相，果然手好。”王杰却正色道：“杰手虽好，但不会要钱！”和珅羞赧而去。

对于和珅的所作所为，嘉庆心知肚明，但碍于其父在世，不便处置。嘉庆四年（1799）正月，乾隆逝世，正月十三日，嘉庆即将和珅革职下狱，宣布其二十条罪状，并下旨抄家。搜查出金银珠宝古玩等约价值白银八亿两至十一亿两，超过清朝政府十五年的税收总和，和珅成为中国历史上最大的贪官。正月十八日，嘉庆令其自缢。此时的形势是，嘉庆登基不久，羽翼未丰，而和珅在朝廷经营多年，爪牙遍地，要将其处置，绝非易事。在此情况下，作为嘉庆的老师，两朝宰相，王杰理所当然地挺身而出，辅佐嘉庆，干净利落地了结了此案，轰动朝野，大快人心。

协助嘉庆铲除和珅，是王杰政治生涯中的又一亮点。

但有人却说铲除和珅，系刘墉所为。须知刘墉在乾隆朝就以懒政和多次犯错而不为乾隆所重用。嘉庆亲政后，虽然也用了，但未授其要职。虽为大学士而未入军机处，大学士也只是个虚名。军机处自雍正开始，便是总揽军政大权，直接置于皇帝掌握之下的最高国家权力机构。未入军机处，无军机大臣之头衔，就无资格同皇帝商议处置重大事件。如果说刘墉在此事件中充当了一个参与者的角色，倒也有可能。

纵观王杰一生，清廉自律，堪为楷模；为国抡才，十二次执掌文柄，空前绝后；辅佐嘉庆清除了骄横一世、恶贯满盈的和珅，整饬了朝纲，强化了吏治，为稳定当时的政治局面奠定了基础。称其为一代名相，毫不为过。

天章耀云

乾隆四十七年（1782），王杰母寿诞，乾隆亲书“南陔承庆”匾额以贺。

乾隆四十九年（1784），王杰在籍为母守制，乾隆授其兵部尚书。

乾隆五十九年（1794），王杰七十寿辰，乾隆除赐丰盛寿礼以外，更御书“赞元锡嘏”寿匾和“胪名芸馆魁多士，耆福台阶引大年”对联以贺。

嘉庆五年（1800），王杰年迈体弱，申请辞官，嘉庆不忍其离去，命可扶杖上朝。

嘉庆八年（1803），王杰辞朝归里，嘉庆御制诗二首、对联一副送行。

其诗一云：

名冠朝班四十年，清标直节永贞坚。
枢廷久值宣纶綍，讲幄昔从授简编。
归里先参天上佛，杖乡共仰地行仙。
期颐福寿增康健，紫禁重来赴叟筵。

其诗二云：

屡蒙恩旨秉文衡，艺苑群瞻桃李荣。
直道一身立廊庙，清风两袖返韩城。
先皇手泽常承福，东国灵葠永卫生。
西望渭川云渺渺，鳞鸿时达慰离情。

对联云：

诏宣恩礼崇耆宿；
诗贲林泉养大年。

“枢廷久值宣纶綍，讲幄昔从授简编”高度概括了王杰的政治地位和作为，“直道一身立廊庙，清风两袖返韩城”则如实记述了王杰的高贵品德。

嘉庆九年（1804），王杰与夫人80双寿，嘉庆派人赠送寿礼，并御书寿匾、诗匾以贺。

寿匾云：

福绥燕喜

诗匾云：

腾辉紫极耀韩城，海屋筹添鹤算赢。
地近西池增福禄，星明南斗灿晶莹。
两朝调鼎文思被，八秩齐眉寿域宏。
德业久敷俾戬谷，期颐双庆衍长庚。

是年十一月，王杰进京谢恩，嘉庆欣喜之余，御制诗以赐。诗曰：

西来紫气满都城，八秩仙翁数倍赢。
趋禁仍随鹓侣列，杖朝争睹凤墀莹。
愿卿永享修龄庆，勖我当思治业宏。
眉寿无涯益康健，千春旋转乐同庚。

翌年正月，王杰卒于京城私邸，嘉庆拨银二千两，命荣郡王领侍卫十员携祭品治丧，晋赠王杰太子太师，入祀贤良祠，谥号文端，并亲拟祭文祭葬。又敕赐在韩城古城南门外大道建坊，嘉庆亲题“士风淳茂”“户尽可封”以彰其荣。有人说嘉庆见王杰做官清廉而赠韩城“文史之乡”称号，这又是个风马牛不相及的逻辑！王杰清廉是个人的品德修养，而韩城为文史之乡乃明清两代文化的积累，与王杰清廉无因果关系。

王杰还以其终身杰出的成就，为韩城赢得了惠及子孙后代优厚待遇。嘉庆十八年（1813），邑人强克捷任河南滑县知县，时白莲教拟在北京起义，约滑县同党外应。强侦得此事，立报清廷，并逮捕其滑县首领。滑县白莲教党人劫狱，强领衙役、家丁等抵抗，全遭杀害。朝廷得知强克捷的密报后，立即逮捕了潜入京城的白莲教党人，致使这次起义失败。而对强克捷被杀一事，嘉庆给予了高度评价、优厚的封赏与治丧待遇。并称韩城前有王杰以棐忱亮节为国调鼎，后有强克捷以死为国尽忠，给韩城增加文武生员名额各五名，永著为例。这对韩城广大学子，的确是一大好事。因为旧时科考，只有考中秀才（即生员），才算迈入了知识阶层的门槛。其一，正式成为县学的学生，可定期到县学听教谕讲课，完成教谕布置的作业。其二，学习成绩优秀者可获得一定数量的生活补助。其三，获得参加“乡试”的资格（即省上举办的考试，其考中者称“举人”）。其四，考中秀才，政治待遇也非寻常，他可见官不跪，可免除徭役，发生诉讼案不得用刑等。所以旧时谁家考中了一名秀才，确是一件值得庆贺的事情。而要取得秀才资格，必须先经县试，合格者再经府试（亦称院试），府试考两场，最后按成绩录取。但录取也有原则，即省上按各县人口及文化发达状况分别分配数量不等的名额。考完试，按各县规定名额录取。可见考个秀才，也非易事。全省平均下来，各县每次录取生员的人数也超不过个位数。朝廷能给韩城每届院试增录文武生员各五名，并且永远为例，这对韩城人来说，确是一件值得庆幸的事情。因为这大大拓宽了韩城学子的登仕之路，进一步促进了韩城教育事业的发展和文化水平的提高。不过，王杰与强克捷为韩城作出的贡献是隐性的，不如其他乡贤修城修桥广为人知。但修城修桥系集众人之力而为，而王杰与强克捷的贡献全赖个人之功。

2021 年 11 月 16 日初稿

2021 年 11 月 27 日二稿

2021 年 12 月 20 日三稿

注：“天章”，旧时指皇帝的诗文。

挂反了的牌匾

清康熙四十五年（1706），由邑名士刘荫枢等人倡修的毓秀桥落成。从此，出古城南关，澽水两岸变通途。为壮景观，又于桥南端建起木牌坊一座，牌坊两边均悬巨匾一方，各匾四边凸起，雕刻精美，匾心白底黑字，颜体楷书，均为刘荫枢题。面北者题词为“示我周行（hánɡ）”。示，展示，展现；周行，大路、正道。此语出自《诗经》，意思是，过了此桥此坊，展现在人们面前的是一条大道，这是明面之意。同时，它还寓意由此出发去到州府、省城及外地的韩城士子、客商，要走正道，寄托了刘老先生对韩城民众的殷殷教诲。面南之匾题词为“四方会归”，含欢迎四方贤达、客商汇聚韩城之意，表现出韩城人豁达开放的博大胸怀。

此两匾于20世纪60年代丢失，20世纪90年代，有人用平板做了块不合规制的所谓的匾，涂蓝底色，黄字，用草书写了个“示我周行”，挂在了牌坊的南面。此举意在复原古物，但由于不懂文化，不但牌匾做得极不规范，字写得潦潦草草，更严重的是，位置挂错了，本应挂在牌坊北面，是对韩城人的警示。现在挂在南面，倒像是教训起从外地来韩城的人来了。况且从南往北行走，过了牌坊就是桥，过了桥就是古城街道，何大路之有？

我曾在有关会议上提过此事，但未见行动。何日能恢复原状，寄希望于后来者。

2023 年 8 月 28 日补记

二

一家之言

被贴上“元”标签的韩城文化

20 世纪 80 年代，有建筑专家来韩城考察，他们认为韩城元代建筑较多，是韩城古建的一个特色。这并不值得大惊小怪，因为韩城自古就经济文化发达，他们十分重视房屋寺庙的建造。元以前的古建筑，悉被蒙古骑兵烧毁，韩城一时被平荡无余。韩城人为了生活，为了坚守自己的文化，他们在极其困苦的环境中，集资庀材，重建了一些庙宇、寺观，成为目前存世较早的古建筑。一些缺乏历史常识的人，竟以为韩城文明始于元代。他们不知道，建于秦汉时期的位于夏阳古渡之滨的夏阳古城，被誉为“古韩雄镇”；建于隋唐时期的韩城古城，以建筑雄浑而被初唐四杰之一的王勃赞为“秦塞雄都”；为汉武帝东渡祭祀后土而建于夏阳古渡的扶荔宫，占地 6 万平方米，从其遗址发掘出的大量瓦当、陶管、陶砖等物件表明，此建筑当年是何等的恢宏；建于唐代的四大寺院（龙泉寺、庆善寺、圆觉寺、开化寺）更彰显出当年经济文化是何等的繁荣。特别是元人被赶跑之后的明清时期，韩城经济文化呈井喷式发展，人文荟萃，古建遍布城乡，为韩城赢得了“文史之乡”和“关中文物最韩城”的美誉。专家说韩城元代建筑多，只是与周边县市相比较而言，如果要说全部古建或明清古建，韩城比周边县市要更多。韩城古建之多，体量之大，质量之高，在全省乃至全国都是出了名的。具有明清风格的韩城古城，早在 1986 年就被列为第二批中国国家历史文化名城。在陕西，看青铜器去宝鸡，看古陵墓去咸阳，看古建筑去韩城，已成文物界的共识，而支撑韩城古代建筑的，还是明清建筑。

各代建筑，各有特色，专家考察，各有主旨。专家的一句话，在韩城文物界，反响平平，但在文化界，有些人连什么是元代文化，什么是蒙古文化也弄不清，便在韩城文化圈掀起了一股言必称元之风。他们以为只有突显出异族风格，才能体现韩城的文化特色，才能体现出他们见解独到。所以，他们把本民族的一些文化现象肆意贴上“元”的标签，为元代的统治者唱赞歌。略举数例：

韩城鼓乐

关于鼓的起源，应当追溯到史前。有报道说，在宝鸡地区，就出土过新石器时代的陶鼓；到了商代，便有铜鼓出现，出土于湖北而现藏于日本泉屋博物馆的神人纹双鸟铜鼓，便是一证。鼓的使用，也随着社会的发展日趋广泛。从原始时期的集合人群、恐吓野兽到后来的作战、祭祀、役事、报时、娱乐等，无不以鼓为器。

作为儒家经典之一的《周礼》就有关于鼓乐的记载。《周礼·地官司徒第二·鼓人》云：鼓人掌管教授六种鼓和四种金属（青铜）乐器，敲击以使五声和合形成乐音，用以节制音乐，协调军队，指挥田猎。书中进而对六种鼓和青铜乐器的使用作了进一步的阐述。六种鼓形状大小不一，用途也有别，依次用作祭天神、祭地祇、祭宗庙，用作军事，用作役事，用作与金属乐器合奏。四种金属乐器分别为錞、镯、铙、铎。

从《周礼》记载的史实来看，广义的鼓乐应源于商而成熟于战国。而《周礼》的成书年代，有人说是“周公作礼”，即西周之初，有人说是春秋战国时期，也有人说是西汉之初。但一些学者从其成书的政治背景、地域名称、文字演变、器物形制及名称等方面综合考证，认为成书于战国时期比较有说服力。

西周之初，周武王的儿子被封为“侯”，封地于“韩”，即现韩城市治以南的西南原地区，称“韩国”（此时“国”的含义与今不同，它只是诸侯封地的代称）。后在今芝川以西地区，又有个“梁（伯）国”。与梁（伯）国同时，在现韩城市治以北的北原地区，还存在一个“芮（伯）国”。《史记·秦本纪》中就有梁伯、芮伯相偕而朝秦德公、秦成公的记载。南北百里之地，竟同时存在两个《史记》中均有记载的诸侯国，足见韩城历史之悠久、经济文化之发达。

后来梁、芮两国均为秦所灭；再后，晋从秦手中夺取了包括韩城在内的黄河以西地区（史称“西河之地”）；韩、赵、魏三家分晋后，韩城属魏国。

战国时，孔子高足卜子夏曾为魏文侯师，子夏长于乐。在《史记·乐书》中，魏文侯同卜子夏就有一段关于“鼓乐”的精彩对话。子夏对魏文侯说：“鼓鼙之声欢欢以立动，动以进众。君子听鼓鼙之声则思将师之臣。”子夏后来教衍西河，也就是到韩城及其以南地区设帐授徒，传授儒家学说。可以说，子夏是韩城教育事业的开山鼻祖，那么在他所教授的儒家经典中，不能不授《周礼》，在授《周礼》时，也就不能不教授鼓乐了。作为2005年全国考古十大发现之一的韩城梁带村两周古墓群，出土了“建鼓”。建鼓是一种乐器。有报道说，我国曾发现过汉代建鼓，但发现春秋时期的建鼓，这还是首次。这一实物再次证明，韩城最晚从春秋开始，就已有了鼓乐。

而鼓乐广泛地用于民间祭祀活动，在汉代以前就已有之。《史记·孝武本纪》中的一段记载似可作证：“(武帝)下公卿议，曰：‘民间祠尚有鼓舞之乐，今郊祠而无乐，岂称乎？’”意思是民间祭祀尚且有鼓乐，而如今朝廷祭祀却没有鼓乐，这相配吗？

西汉初，“锣”出现了，锣发出的声音比钲宏亮，很快便为鼓乐所采用。所以说汉代是鼓乐演进的重要时期。而汉代的韩城，属“东冯翊”，为京畿重地。经济上，冶铁、制陶业空前繁荣；文化上，司马家族人才辈出；政治上，夏阳古渡作为交通要冲，汉武帝曾多次由这里乘船东渡，去山西汾阴祭祀后土。汉武帝夏阳行宫——扶荔宫遗址、夏阳冶铁遗址及大量汉墓的发现，大量高等级汉陶的出土，表明韩城在汉代，已达空前辉煌。所以说在这个时期，韩城的鼓乐亦应与时俱进。因为当时规定，天子出巡，应有鼓乐前导。汉武帝多次来韩城，皇家鼓乐不可能不对韩城的鼓乐产生影响；而韩城人迎送天子，恐怕也是鼓乐喧天，这样就使韩城鼓乐的发展再上台阶。这里还有一个有趣的现象值得注意，即虽然“锣”代替了“钲”，但在韩城北原以前流行的“挎鼓子”中，锣不是提着敲，而是举着敲，极可能是保留了当年敲钲时的原生态动作(因为钲是举着敲击的)。

南北朝时期，“钹”由西域传入中国。“钹”就是现在鼓乐中敲击的“铙钹”。但“铙钹”的称谓不准确，因为“铙”与“钹”是两种不同的打击乐器，大同小异，因形状及敲击时发出的声音不同而名称及用途各异。“铙”中间隆起的球状直径较小，约占全铙直径的五分之一，敲击后声音清脆，被广泛用于戏曲和歌舞音乐。“钹”中间隆起的半球直径大，约占全钹直径的二分之一，其声昂扬浑厚。钹加入鼓乐，不仅增加了鼓乐的气势和音响效果，更重要的是丰富了鼓乐的节奏和表现力，因而不同风格、不同流派的鼓曲大量催生。所以说到南北朝时期，鼓乐的配器已日趋完善，给鼓乐的发展拓宽了道路。

唐代，是韩城经济文化发展的又一昌盛时期。经济上，武德七年（624），云德臣为西韩州治中（韩城于武德三年（620）改属西韩州），率民自龙门引黄河水，灌田6000余亩，促进了北原农业的发展。文化上，韩城的民间社火“闯神楼”名扬中外。陕西省文化厅艺术处原副处长张祯祥先生当年访问日本时，曾看过日本舞台上的“舞神楼”。听日本同行讲，这种艺术源于中国，唐代由长安传入日本。长安的“闯神楼”是从哪里传来的？估计是从韩城传入的，因为其他地方尚无这种民间艺术。郭子仪是唐中兴重臣，曾长期驻军韩城，在韩城留下了许多传说和遗迹。韩城人为纪念他的功劳，还将其夫妇配祀于周原大禹庙。郭子仪进长安后，将韩城这种独特的社火引入京师，理所当然。但剽悍的“闯神楼”实际上是农村社火的先导，它既为社火开路，又以此来凸显青年男子的刚阳之美。而在这种环境中，倘若没有锣鼓渲染气氛，激奋助威，又该会是怎样一种场面呢？所以说，到了唐代，随着韩城神楼“闯”入长安，韩城鼓乐亦应闻名京都了。

唐末，韩城井溢村出了一位奇人，姓房名寅，传说此人在世时善禁咒之术，活了110岁才仙逝。宋真宗曾患一疽，百医不治，梦中却见房寅为他治好了病。宋真宗十分感激，便将房寅封为“法王”，并敕赐在韩城灵觋观（房寅当年修道之所）之旁为其建庙。此事在《韩城县续志》（清·康行僴纂）中有着详细记载。

法王庙建在距井溢村不远的西庄镇，占地宽阔，规模宏大，不但建有法王宫，还建有宋王大殿，供奉宋真宗和宋仁宗。庙建成后，周围八社的乡民每年清明节都要来此祭祀，并举办盛大庙会。《韩城县续志·祠祀志》载：“每岁清明日，四方朝礼者甚众，为社南北凡八。锣鼓、旗帜、火炮之盛，震满山谷。外有献盘数十村，其来也，导以鼓乐，喊声不绝……”

金、元入主韩城，时间都不是很长，各为100多年。特别是元朝统治者把它统治下的国民分为四等，汉人为最低一等。当局为了防止汉人反抗，严令不许汉人养马，家中不许藏刀，甚至连菜刀也是数家共用一把，违者连坐。时间的暂短，战争的创伤，民族情绪的对立和元统治者的高压政策，直接阻滞了韩城经济文化的发展，当然，鼓乐也不例外。

1. 韩城鼓乐流派

明清时期，是封建社会韩城发展的鼎盛时期，经过有明一代的恢复和休养生息，至明末清初，韩城的经济文化已达空前繁荣。城乡四合院民居及大量庙宇的修建，砖砌城墙的高高耸立，大量从商人员的外出，一批又一批的精英出将入相，把韩城的经济文化推向了空前的辉煌。而作为文化表现形式之一的鼓乐，不但应势发展，而且还形成了南北不同的风格和流派。“郭庄寨的锣鼓马庄的铳，白村的（神）楼子挪不动”（出自《韩城市志·民谚》），说的是韩城北原的锣鼓和社火；而在韩城南原，以城北村、城南村为代表的“百面锣鼓”，也已名闻四乡了。

“百面锣鼓”属队列式。它以头旗开道，数十面龙凤旌旗紧随其后，接着是数十人执锣，列一行排道左（执锣者背部斜系一竹弓，弓上端有铁钩，锣挂在钩上），另有数十人执钹，排一行列道右。执锣者与执钹者身后又各有数十名少女手执“花杆”（花杆以彩绸彩花缀饰于长杆而成，较华丽，有别于北原锣鼓中的“绕竿”。）相跟随，以壮行色。道路中间一人击暴鼓（暴鼓置于专制的鼓车上），四周各有一人击挎鼓。鼓前一老者手执长竿、蝇拂作为指挥。国内曾有专业人士惊叹，这是世界上最长的指挥棒。行进时，节奏较慢，击锣击钹者踏鼓点侧身而行，击锣者动作尤为优美。暂停敲奏鼓曲时，击锣击钹者相向而立，其节奏随着指挥而变，时疾时缓，时沉时扬，忽如万马奋蹄，忽如将士枕戈。乐声雄浑，气势恢宏，具古军乐之风。谚云：“百面锣，随大鼓；铙钹隔，手锣补；看花哨，数小鼓；看气势，像猛虎。”

北原锣鼓，俗称“挎鼓子”，属小型队列式。演奏鼓曲时，两名击鼓者腰前各架一鼓居道路之中，四名击锣者站于击鼓者两边，两名击钹者居鼓手前后，形成以鼓手为中心的圆形队形。鼓前饰印花布，鼓沿饰纸花和棉絮制作的小婴孩。击鼓者头戴凉帽、墨镜，着马褂、布靴。敲击时，仰面，微闭双目，双足微跳，身体左右摇晃，鼓点节奏疾速。击钹者与击锣者或光头，或头顶布巾，各将乐器举起，亦仰面，微闭双目，双足微跳，随着鼓点节奏，进行“礤（cǎ）击”，尤以击锣者动作最为典型。之所以称其为“礤”，是因为它不是敲，而是一手举锣，一手用锣棰像礤萝卜丝一样在锣上“礤”。因为是礤击，所以声音并不十分宏亮。但此时乐手的神情，完全沉浸于一种超脱的醉态之中；而观众所欣赏的也是这种神情各异的醉态，这就是挎鼓子的特色。但挎鼓子的阵容并不庞大，闹社火时，将全村的锣鼓分为若干拨，各自敲击于社火（如芯子、高跷、扭秧歌等）的开头、中间和末尾。每拨鼓队前后都有数名少女手执“绕竿”（在竹竿上缀以彩绸彩花称为“绕竿”）随鼓点快慢上下左右绕动，以亮化色彩，渲染气氛。这种鼓乐遍及北原各村，广泛应用于各种祭祀和庆典。

2. 北原鼓乐之变

在明万历年间邑人张士佩编纂的《韩城县志》中，曾对韩城民俗有如下描述：“南敦稼墙，北尚服贾。”四百年后的今天，这个格局仍未改变。特别是改革开放后，随着北原工矿、商贸业的迅速发展，农民大都富了起来，发达的经济带动了广大农民对文化消费的需求，因而组织鼓乐队便成为群众喜闻乐见的文化活动。为了适应现代人的审美需求和市场竞争，各村竞相从外地聘请教练，对传统的“挎鼓子”进行改革。市文化部门因势利导，予以扶持。时任陕西省文化厅艺术处副处长的张祯祥先生，出于对家乡文化事业的热爱，请来省民乐团著名打击乐专家安志顺先生，在市文化部门的协调下，选择在鼓乐改革方面迈步较早的东庄、薛村等鼓乐队，进行艺术指导，使其摆脱了挎鼓子的原生态，从而呈现出集群化、队列化、程式化、指挥化的崭新表现形式，并参加了国内外多次大型文化活动的表演，获得好评。这是鼓乐发展的必然趋势，也是文化市场发展的必然结果。这种鼓乐场面宏大，色彩鲜艳，表演独出心裁，凸显出浓烈的时代气息。

此外，张祯祥先生等人还把原来作为鼓乐队开路先锋的“闯神楼”重新排练，并加入了舞蹈化动作，使其成为单独的民间社火表演形式。应当说，不论是省市文化部门和艺术家，还是北原广大的文艺工作者，对韩城鼓乐的改革作出了开创性的贡献，把韩城的鼓乐艺术引上了产业化之路，确实功不可没。为了宣传韩城鼓乐，韩城文化部门便将这种改革后的鼓乐命名为“韩城行鼓”。

3. 韩城鼓乐与元蒙古骑兵无关

在介绍韩城非遗项目——韩城行鼓的一篇文章中，对所谓的“韩城行鼓”有如下描述：“韩城行鼓历史悠久，其起源可追溯到元代初期。元灭金后，蒙古骑兵为欢庆胜利，敲锣打鼓，而成为一种军鼓乐。现今的鼓阵、鼓谱、鼓手的着装都带有蒙古军鼓乐的特色。后人将其继承下来，作为祭祀法王的鼓乐……”

此段记述据说源自东庄一位农民的口述，当然也不乏作者的润色。不过这段描述颇有商榷之处。

其一，韩城鼓乐是否起源于元，本文前已详述，读者自可得出结论。但文章作者说，你说的是韩城鼓乐，我说的是“韩城行鼓”。其实，所谓的“韩城行鼓”，只是作者给现代化的北原鼓乐起的名称。正如一个人，小时有小名，长大了要立个字，即雅名；是文人学士还要起个“号”；想在报刊上发表文章，又不愿暴露身份，还得起个“笔名”。不管是小名、字、号、笔名，其实所指的对象只有一个，就是这个人。韩城北原鼓乐也是如此。不管你把它叫什么，反正就是韩城北原鼓乐。既然如此，它就不可能起源于元了。

其二，蒙古人系马上民族，敲锣打鼓并非其传统文化。就是现在，在内蒙古自治区举行的许多大型庆典中，亦未看到蒙古族人的行鼓表演。在以前的典籍也查不到元代蒙古骑兵敲锣打鼓的有关记载。作为历史上的匆匆过客，元代蒙古骑兵绝不可能对传承了近两千年的韩城民俗产生影响。稍有民俗学常识的人都知道，民俗的形成是一个漫长的文化积累过程，它具有稳定性，不因政权的更迭和人为的意志而改变。中国数千年的历史也证明，凡是入主中原的少数民族，最终都被中原的汉文化所同化，而不是他们同化了汉民族。2010 年 9 月 16 日至 18 日在韩城举办的“司马迁杯”首届全国锣鼓大赛上，内蒙古昆仑女子锣鼓队参加了表演，但鼓手并未“足蹬战靴”，把鼓架在腰前“蹲着马步”。而是个个身着艳丽的蒙古民族服装，一人围着一面置于地面的巨鼓敲击。无独有偶，在这次大赛中，北京大红门锣鼓队也参加了表演，他们说他们的鼓乐是山西威风锣鼓加当地的耍狮子。从地理位置讲，北京更接近内蒙古，从政治文化上讲，北京在元代称“大都”，是元朝的首府，应该说其文化包括鼓乐更具元人特色。但作为蒙古族的现代鼓乐也好，作为元代政治文化中心的北京也好，在他们的鼓乐中根本找不到“鼓阵、鼓谱、鼓手着装都带有蒙古军鼓乐特色”的任何元素。有其源必有其流。所谓的蒙古军鼓乐为什么在蒙古人的传统地区断流了呢，不是他们没有续流，而是本无其源。

其三，中华人民共和国成立之初，北原锣鼓队有的鼓手头戴的凉帽，身穿的马褂，足蹬的靴子，皆为清末遗留下来的服饰，但经过某些人的渲染，竟变成了元代蒙古骑兵的装束。持此论者，并未见过元代蒙古骑兵的装束，而是移花接木，凭空得出如此结论。

其四，“后人将其继承下来，作为祭祀法王的鼓乐……”的说法，更是臆断。西庄的法王庙建于宋仁宗天圣二年（1024），至元兵占领韩城（1230），其间经宋、辽、金三朝，历时 200 多年。在这 200 多年中，韩城人祭祀法王不敲锣打鼓，非要等到 200 多年后继承蒙古骑兵的鼓乐去祭祀，这可能吗？既然所谓的“韩城行鼓”是专门用来祭祀法王的鼓乐，那过去北原人在其他庙会、庆典活动中为什么也敲打这种鼓乐呢？既然是专门用来祭祀法王，为什么现今又在大小各类庆典活动中都敲这种鼓乐呢？

发此言论者，只知有元而不知有宋，只知有法王祭祀而不知在韩城境内还有其他祭祀。清康熙年间编纂的《韩城县续志》记载，地方祭祀分为三类。一为正祀，即国家令典规定的祭祀，如祭孔；二为里祀，即县一级范围内的祭祀。在韩城，典型的里祀除了祭祀禹王、韩侯、司马迁外，还有 8 处；三为社祀，即乡社范围内的祭祀。社祀除了县城内南北各社祭祀城隍，西庄南北八社祭祀法王，巍山周围群众祭祀后土，苏村、陈村举行高神殿庙会外，还有 12 处。韩城祭祀之广，遍布辖域；祭祀之多，见于四时。而法王之祭，论规格，北不及祭禹王，南不及祭司马迁；论规模，中不及祭城隍。同为元兵掠过之地，龙门地区的百姓没有继承蒙古骑兵的鼓乐作为祭祀禹王的鼓乐，芝川地区的百姓也没有继承蒙古骑兵的鼓乐作为祭祀司马迁的鼓乐，县城内的百姓更没有继承蒙古骑兵的鼓乐作为祭祀城隍的鼓乐，法王庙会八大社家中的其他七家也没有继承蒙古骑兵的鼓乐作为祭祀法王的鼓乐，而唯独东庄继承了，岂非咄咄怪事？

其实，当年举办法王庙会的八大社家，家家都抬神楼，而其主祭者并不是东庄而是法王故里井溢村，他们抬的法王神楼是八社鼓乐队的压轴戏，井溢村才是法王的故乡。他们敲的鼓乐，称“井溢龙鼓”，也无承袭蒙古骑兵鼓乐的说法。

4. 元代韩城人不可能同元军“军民同乐”

前边提到的那篇文章说：“元朝灭金后，为庆祝胜利，军民同乐，军乐队敲锣打鼓，以示庆贺。”这种说法，亦只是文章作者天真的想象。史实如何呢？清末韩城知县张瑞玑编纂的《韩城县乡土志》载：“金哀宗正大六年（1229），蒙古兵自龙门渡河，拔韩城。次年，蒙古兵复大至，纵兵蹂躏，掳掠一空，兵事最惨。”《建炎以来朝野杂记》载：“关中兵火之余，户不满万。”

今人在对高龙山古战场进行考察时，曾发现一窑人头骨，有的人头骨上还插着箭头，这是韩城数千年历史中发现的唯一一处，令人怵目惊心。《元史·太宗纪》：“二年秋七月，帝自将南伐，皇弟拖雷、皇侄蒙哥率师从，拔天成等堡（天成堡即位于韩城板桥乡高龙山的天成寨，今称‘小寨’。见《韩城市文物志·古寨堡》)。”上述记载，似可佐证高龙山人头骨即元兵所为。

近有一篇资料，探讨西夏王国神秘消失的原因。说蒙古兵攻打西夏都城时，国民顽强抵抗，成吉思汗中西夏人的毒箭而殒命。蒙古人为了报复，在攻克西夏都城后，将人全部杀死。将财宝抢掠一空，将建筑全部烧毁。于是，曾经雄踞一方的西夏王朝，一夜间便在地球上消失得无影无踪。韩城目前几乎找不到宋、金土木建筑，是蒙古骑兵屠城的又一例证。在蒙古军残酷的杀戮面前，韩城百姓躲犹不及，何以“军民同乐”？

我们说蒙古兵屠城之后十室九空，并非无稽之谈。元末明初的移民潮便是这一历史背景下的产物。

在现在的韩城人中，很多人都说他们是从山西大槐树底下迁来的。翻阅韩城有关村史、族谱，很多较有影响的姓氏和村落如解家村的解氏，党家村的党氏，金城的贾氏等均为元初移民。而渚北村、贺龙村的卫氏，林皋村的薛氏，城南、城北村的徐氏，井溢村的师氏，庙后村的王氏，双楼、柳枝村的孙氏等皆为明初移民。虽经大规模移民，又经有明一代 240 多年的休养生息，一直到明万历年间，韩城人口才不过 56000 余人(见《韩城市志·人口志》)。元代韩城人口之稀少，经济、文化之凋零，可见一斑。

如果韩城的鼓乐研究者要将时下风头正盛的现代化北原鼓乐命名为“韩城行鼓”，说它诞生于改革开放之时，笔者无任何异议。但要说其起源于元，且继承了蒙古军鼓乐特色，笔者万不敢苟同。因为这种说法，纯属子虚乌有。

文化工作者下乡采风，访问三老，实有必要。但对于来自民间的一些传闻，必须以历史唯物主义和辩证法的观点进行分析。符合史实的，予以采纳，有悖于史实的，应予以摒弃。我们绝不能认为只要来自民间，就可以不加滤析地接受。民间有些人囿于所处环境和文化水平，所知有限，口出不确之辞，当能理解。但作为文化工作者，把不实之辞当证据，且以讹传讹，便把韩城文化引入了误区。

2007 年 3 月—2022 年 8 月数易其稿

韩城唱秧歌

韩城秧歌，是昔日广泛流传于韩城乡村的民间艺术，它有别于其他地方的“扭”，也不同于个别地区的“跳”，它是“唱”，准确地讲，应称“韩城唱秧歌”。

韩城唱秧歌发源甚早，又是以一男一女对唱对舞的形式演唱当地民歌，男演员称“丑角”，女演员称“包头”，具有浓厚的原生态和简单易学的特点，故千百年来在韩城乡村广泛流传，成为昔日韩城民间主要的文艺活动形式之一。

1. 唱秧歌的特色

韩城唱秧歌最大的艺术特色就是简单，带有明显的原始痕迹。具体表现在：第一，其服装、道具、伴奏简单，丑角腰系白围裙，头顶白布巾，鼻梁涂白即可；“包头”红袄红裤红鞋，头戴蒙头纱，全身一副新娘子装饰。道具一般为手帕、纸折扇和旱烟袋，伴奏无管弦乐，仅一镲一小锣一大锣而已。场地要求也不高，在一块平地上搭个简单的台子即可。广大乡民拿起锄头干活，放下锄头就可演唱。第二，曲目多为本地山歌，耳熟能详。舞步简单，稍教即会，因而参与者广泛，给广大民众自娱自乐创造了条件。第三，随意性强，结构松散。每一场演出开始后，丑角先登场，先表一段快板，再传唤包头上场。而之前表的这段快板，主题不受任何限制，会表什么表什么，想表什么表什么，与包头上场后对唱的曲目无任何关系，这就给演唱者自由发挥提供了更大空间。

2. 秧歌并非插秧之歌

有文章在介绍韩城非遗项目之一的韩城唱秧歌时写道："秧歌是由宋代的'村田乐'演化而来，秧歌即插秧之歌。"这种说法，令人一头雾水："村田乐"是一种什么形态的文艺形式？它流行于什么地方？与韩城唱秧歌又有何关系？其他地方是否还有此种演唱形式？作者没有交代，故难为论据。

韩城地处北方，七山一水两分田，土地以旱塬为多，广种麦棉。即使川道，据旧时的《韩城县志》载，也是以种麻、靛、菜为主，未见有规模植稻之记述。既然如此，何来插秧之歌？在一份关于秧歌的资料中有如下记述："秧歌其名，很容易使人联想到它与稻田插秧的关系。但是，在没有水田、不种稻、不插秧的三北（东北、西北、华北）地区，秧歌的流行程度更甚于南方。这说明，北方的秧歌与插秧无关。"所以，作者说"秧歌即插秧之歌"，确属望文生义。

3. 唱秧歌并非源于宋元杂剧

文章中另一种说法，说其"源于宋元杂剧"，准确地说，应该是元杂剧。元杂剧是在金院本和诸宫调的直接影响下，融合各种表演艺术形式而形成的一种完整的戏剧形式。它有以下特点：第一，有了比较完善的“四折一楔子”的剧本结构形式。“四折”即开端、发展、高潮、结尾四个阶段，而“楔子”则为四折中的过场戏，起承前启后作用。第二，音乐采用了北曲联套的曲调，每折一个套曲。第三，舞台演出已有了旦、末、净、杂等角色之分。第四，全剧演出一般是一人（正旦或正末）演唱到底。第五，除唱之外，还有道白（自白、对白、旁白等）。第六，唱、白之外，还有科介。科介指人物动作、表情、武打、舞蹈、声响等表演和舞台效果。

回头再看韩城唱秧歌。第一，无结构完善的剧本，又多为口口相传。第二，无角色分工，只有固定模式的一丑角、一包头。第三，在演唱过程中，没有道白。虽然丑角在出场后均要表一段快板，如《表石头》，但这纯属丑角的即兴表演，与其后演唱内容没有任何关系。另外，在包头出场前，丑角与其有两句对白，但这只是呼唤包头出场，也与演唱内容无关。第四，除了走圆场这个简单的舞蹈动作外，再无其他动作。有一副对联，对这种艺术有一个很好的描述：“硬腰硬胯，扭扭捏捏，原为农民艺术，煞是好看；粗声粗调，哼哼唧唧，本是穷人呐喊，格外中听。”

从以上对比可以看出，元杂剧已是中国古代戏曲艺术最早的成熟形态，为古典戏曲的表演艺术奠定了基础，成为明清时期各种戏曲艺术不可逾越的典范。而韩城唱秧歌只是乡民将民歌演唱由田野搬上舞台，由一人唱变成了二人唱的简单歌舞，与元杂剧毫无可比之处。

如果一定要把它与元杂剧联系在一起的话，我们只能说，它是元杂剧的先祖，而不是诸宫调或宋元杂剧的衍生物。因为任何事物，都是从低级向高级、从简单向复杂、从松散向完善发展，而不是反其道而行之。说韩城唱秧歌源于宋元杂剧，是本末倒置、不懂艺术发展规律的表现。

4. 唱秧歌源于远古民歌

那么，这种艺术到底源于何时？笔者认为，源于远古。有资料显示，秧歌在全国分布很广，只是称谓和表演形式有所不同。单从称谓讲，有的地方称“阳歌”，有的地方称“羊高”，也有的地方称“央哥”“姎歌”等。虽称谓有异，但却有惊人的相同之处，这就是都称“‘yang’歌”，都有“羊”的发音。这不是巧合，而是有其产生的相同渊源，即都与“羊”有关。在远古牧猎时期，羊是人类驯养数量最多的动物，放羊人在空旷的山坡、原野放牧之余，以歌声抒发自己的思想感情。这些歌，初称“羊歌”，后人认为其具有原始性、初生性，便将其雅称为“秧歌”（“秧”具初生之意），这就是秧歌的起源。直到现在，我们还把远古时期称为“牧歌时代”，恰恰说明了这种文化的时代特征。

韩城唱秧歌，可以说是秧歌中典型的原生态。我们在古代一部诗歌总集《诗经》中，便可以找到它的影子。

《诗经·韩奕》讲的就是周武王的一个儿子被封为侯，封地于韩的故事。此事就发生在韩城，那时称“韩侯国”。该诗共六章，为叙事体，分别讲述了韩侯受封、赴任、娶妻等场面。可以说，《诗经·韩奕》是最早记诸文字的韩城民歌。

近来查阅有关资料，发现在《中国戏曲剧种大辞典》中有如下记述："从秧歌发展、演变成的戏曲剧种，在全国剧种中所占比例之高，是相当惊人的。可以说，秧歌为百戏之源。"这段论述，对笔者论点是一个有力的支持。

5. 唱秧歌在韩城的传承

以上探讨的是韩城唱秧歌的发源，接着我们再探讨韩城唱秧歌的传承。韩城山区面积占十分之七，故唱秧歌山歌风味显著，而板桥浅山为其中心区域。因为板桥浅山呈南北分布，东靠南北原和二十里川，人员交往、文化交流相对方便。原区发达的经济、文化给山歌的创作提供了丰富的素材和技巧，而山区的广袤与空旷又给练唱山歌提供了天然舞台。耕牧者在劳作之余，以歌状物，以歌抒情，以歌解闷，以歌交谊。韩城唱秧歌曲调高亢、激扬，与陕北民歌相似，足以证明它就是山区文化的产物。板桥浅山一带正具有这种地域优势，所以便有了"秧歌窝子"之誉。历代有名的秧歌艺人大多产生在板桥浅山，更说明了这里是滋生韩城唱秧歌的优质土壤。这种土壤，其他地区并不具备。深山，交通不便，人烟稀少，缺乏市场和观众；原区，村寨较多，地狭人稠，加之经济较为发达，缺乏演练的时间和空间。而板桥浅山正是处于这两个地区的过渡地带，因而才产生了这种特色独具的文艺形式。

韩城唱秧歌为什么原始痕迹显著？按照生态论的观点，存在就是合理。从古代至中华人民共和国成立前，韩城地区生产力低下，乡村文化生活单调贫乏。当地无大戏班子，有的村社过庙会需要唱戏时，就请与韩城一河之隔的山西蒲剧团表演助兴（据《韩城市志》载，秦腔是1922年才首次传入韩城），仅有的几家皮影戏远不能满足广大乡民对文化生活的需求。于是，他们便把在当地流行的山歌搬上舞台自娱自乐。这是唱秧歌发展的第一阶段。经过慢慢的进化发展，由站着唱到增加点简单的跑圆场，即所谓的舞，算是第二阶段。由无伴奏到有简单的锣镲伴奏，算是第三阶段。发展到此，就难以向前发展了。如果再发展一步，它的演出服装、道具、伴奏、程式等就会变得复杂、难学，演出成本也将加大，参与的人也将愈来愈少，其结果便会脱离乡村，脱离乡民，走向勾栏瓦肆。所以，广大乡民的需要，才使它保持了浓厚的原生态。也因为它保持了原生态，才能植根于乡村沃土，延续其艺术生命。

著名文化工作者雷达、张祯祥先生认为，唱秧歌最早在街头巷尾的地摊上演出，清末才搬上舞台。而这种舞台，只是农人为了娱乐而搭起的临时舞台，它上不了城乡庙会的大舞台。

近有一篇介绍唱秧歌的文章说："韩城在元代是元军南进基地，社会稳定，文化繁荣。现存的元建戏楼，其富丽堂皇让人瞠目，这也反映了元代民间戏曲的繁荣。"此言差矣！其一，元代种族歧视，高压统治，重赋盘剥，文化并不繁荣。元人统治韩城100多年，韩城科举中式者仅9人，而明万历己酉科一科韩城就中式15人。明清两朝给我们留下的国保、省保、市保等古建筑就有近200处，而元代留下的古建筑才17处，相比之下，文化相对落后。元代由于经济落后，故其建筑的特点便是用料随意，加工粗放，其戏楼何以富丽堂皇？市域城乡现存的9座戏楼，皆建于明清，没有一座是建于元代。况且，此时作为中国戏曲鼻祖的元杂剧才刚刚形成，地方戏曲才渐始萌芽，韩城的唱秧歌于清末才逐渐登上舞台，元代韩城民间的戏曲如何繁荣？

2013 年 3 月 25 日一稿

2022 年 6 月 22 日四易其稿

司马迁墓

司马迁祠墓创建于西晋永嘉四年（310），历代皆有维修，每次维修均有碑记。

关于司马迁墓的维修共有三次。第一次是金大定十九年（1179），芝川人姚定率乡里民众以砖裹砌了墓冢，并在墓冢上栽了柏树，详见碑文《重修太史公墓》。在这篇碑文的落款，有“稷山石匠王段琪，砖匠张立、王正，施柏树五十根杜村、张吉”的记载。这个简单的记载，给我们留下了重要信息：既然有砖匠姓名，说明司马迁墓在这次重修时予以砖砌；既然有施柏树人姓名、施柏数量，说明司马迁墓在这次重修过程中，不但对墓区、祠院以柏树进行了绿化，而且在砖砌的墓顶也栽上了柏树，以示司马迁万古长青。

第二次是清康熙四十年（1701），县令康行僴命工维修，详见碑文《修庙记》。第三次是清嘉庆二十一年（1816），知县冀兰泰率工修葺。这次维修，未动原裹砌的形状，而是用砖在其周围再裹砌了一层，详见冀兰泰撰文并刻石的《重修太史公祠记》。这就是我们现在看到的司马迁墓。

但一篇介绍司马迁祠墓的文章却说：“元延祐元年（1314），钦命重修汉太史司马迁祠，体现了蒙汉文化的有机结合。”更有甚者，说墓的形状修得像蒙古包，忽必烈到司马迁祠亲自拜谒等。有关元的历史资料把延祐元年发生的大事记录得非常详细，但就是没有钦命重修司马迁祠的记载。镶嵌在司马迁祠的历代重修碑记完整而流传有序，连元代韩城达鲁花赤（即知县）罗里维修司马迁祠都有碑记，那皇帝钦命修葺并亲自谒拜一事岂能不以碑石记之？韩城历代县志均收录有重修司马迁祠墓的碑文，但从未见元代皇帝敕修谒拜司马迁祠的文字。何也？本无此事！

元代的统治者极力贬低儒家的地位，他们长时间不举办科举，把国民职业分为十等，儒士名列第九，比娼妓还低。国策尚且如此，谁还会去祭拜一位本身就不被历代中国皇帝重视的司马迁！

罗里修司马迁祠，是元延祐元年。但从其碑文看，罗里并未说他是奉忽必烈之命维修，而是“爱贤好古，构其祠，俾韩民以奉祀。”

至于说司马迁墓是圆形，像蒙古包，纯属作者想象。中国汉人崇尚土葬，且留冢皆为圆形。2010 年 12 月 31 日，央视 4 套播出《国宝档案·坤舆万国全图》时，南京博物馆副研究员庞鸥认为：“中国的坟墓、皇宫、宅院都崇尚天圆地方的观念，故墓顶呈圆形。”所以，司马迁墓初修于金，与元人没关系；墓顶为圆形，乃汉人之传统习俗，与元人亦无关系。且元人的埋葬风俗是不留墓冢，这哪能谈得上是蒙汉文化的有机结合呢？

介绍文物不是写志怪小说，可以凭想象去编造；也不像有些电视剧，将历史随意穿越。我们必须尊重事实，尊重历史，绝不能把韩城人保护民族文化的功劳记在元代统治者身上。

2016 年 7 月 8 日

大禹庙会

过去，韩城沿黄河各村，差不多都建有大禹庙，这既是纪念大禹的平成之功，也是将大禹作为河神祭祀。因为昔日黄河30年河东，30年河西。河水一旦倒到韩城这边崖下，随着河水的日夜冲刷，河岸上的田地村庄便不断地崩溃，给百姓造成巨大的财产损失。所以在人们的信仰中，大禹便成了水神、河神，给其修庙祭祀，为的是让禹王保佑河水安澜，百姓平安。

昔日有代表性的大禹庙会是龙门地区的禹王庙会。龙门大禹庙，由龙门地区八社民众集资修建，建于元世祖至元元年（1264），坐落于禹门口的一座石岛之上，它有殿、有庑、有宫、有阁，是一组高大宏伟的建筑，从乔家珍照相馆1935年拍摄的山陕禹庙全图可一睹当年全貌。龙门大禹庙的祭祀规格较高，规模也大，属“里祀”，即县一级的祭祀，每年农历三月二十二、九月初一各举办一次。

逢会之日，龙门地区八社民众，敲锣打鼓，到主社家渚北村禹王行宫门前集中，然后列队向龙门大禹庙进发迎神。在队伍中，有花杆绕竿点缀色彩，有土铳轰鸣助威，有巨型献供油轮儿，最后是迎神的红色大轿。

进入庙门，迎神队伍一字排开，然后按次序，献供品，上香，鼓乐表演，响铳。待各家表演完结之后，渚北社家才将禹王神像请入轿中。轿前执事銮驾，绫罗黄伞，轿后村老乡贤，善男信女，轿两旁道士持护，在鼓乐、铳声中将神抬至渚北村大禹行宫。

将神安坐就位后，宫内香烟缭绕，宫外社火表演，唱大戏的，做生意的，好不热闹。

五日之后，庙会结束，又是八社锣鼓，将禹王神像送回大禹庙。

渚北村旧称“渚头”“口头”，是龙门古渡的码头和各种货物的水陆集散地，自古商贸繁盛，经济实力强大。且与山西仅一河之隔。每举办庙会，黄河两岸民众多来此进行交易，其规模之大和持续时日之长，为昔日韩城四大庙会（城隍庙会、西庄法王庙会、司马迁庙会、龙门大禹庙会）之一。

近读一篇介绍韩城非遗的文章，说的是大禹庙会。文章用一大段文字讲了大禹的治水功绩，但在谈及庙会内容时，只笼统地说了“自龙门及沿黄河各村都建有大禹庙，并在每年六月初十即大禹生日，举办三天庙会祭祀禹帝”这一句话。庙会的主办者是哪村哪社？地点在哪儿？规模及特色如何，均未讲清，何言非遗？作者的表述让人觉得似乎沿河各村都要同时举办三天庙会，这样的庙会，哪里见过？

作者如果要说的是周原大禹庙会，文章标题就应写作“周原大禹庙会”，笼统地标个大禹庙会，从文法讲指代不清。因为在韩城沿黄河各村，不说拆毁了的，现存的还有昝村大禹庙（迁至司马迁祠）、梁带村大禹庙、史带村大禹庙、王带村大禹庙等。或许作者只知道有一个周原大禹庙。

庙会的形成须有几个条件：第一，有大型建筑，即庙；第二，有丰富多彩的文化活动；第三，有规模较大的商贸活动；第四，有传承，世代相沿。例如司马迁、城隍、法王、大禹等庙会，在昔日的《韩城县志》中均有详尽记载，且各有特色。但这篇文章只字未提龙门大禹庙会，只是在文章开头说“周原大禹庙始建于元大德五年（1301），现为国家级文保单位”。让人觉得他所要介绍的，就是周原大禹庙会。

有庙必有祭祀，但有庙不一定就有庙会。例如史带村，就有大禹庙而无庙会。关于周原大禹庙，从其献殿之旁有戏台遗迹这一布局看，这里曾举办过祭祀和文化活动。但庙院占地面积较小，属村一级的祭祀，未能形成庙会，故韩城史志无载。

作者说农历六月初十是大禹生日，但四川北川禹里镇的人说他们那里是大禹的出生地，禹的生日为农历六月初六；著名史学家顾颉刚也将禹的生日考证为六月初六。作者说的六月初十依据何在？一个人难道能有两个农历生日？

作者之所以要在周原大禹庙的后边特意加上“始建于元大德五年”八个字，无非就是想说明韩城祭禹始于元，其实并非如此。史料表明，祭禹始于夏朝的启，秦始皇祭禹，开创了祭禹的最高礼仪。此后，历代帝王都亲自或派特使到绍兴参加公祭，民国时改为特祭。而民祭，则由各地择日进行。所以，当年龙门大禹庙会便选择了三月和九月。应该特别指出的是，龙门大禹庙的建成比周原大禹庙早了37年，而且其祭祀活动应该比周原大禹庙早，规模大，影响远，其庙会作为韩城大禹庙会之代表，当之无愧。

古之祭祀未必选其生日，而是春祭秋祀。春天万物复苏，人们祭神，祈求风调雨顺，五谷丰登。秋天粮果丰收，人们祭神，以酬神恩，与神共乐。六腊月是一年中最热和最冷的时候，所以在韩城有六腊月不动土、不搬家、不出远门、不举办儿女婚礼等习俗，谁还愿在最热的六月去办庙会。在《韩城县志》记载的地方庙会（包括里祀、社祀）中，没有一家是安排在六腊月举行。

抗日战争时期，龙门大禹庙毁于炮火，但庙会一直延续到中华人民共和国成立初期。后因种种原因，韩城地区的几大庙会相继停办，龙门大禹庙会也不例外。

20 世纪 90 年代，文物部门进行文物普查，偶然发现合作化后长期作为生产队仓库的周原大禹庙为元代建筑，随即被国务院列为国家重点文保单位。于是，市上有关部门便认为此乃韩城文物一个亮点，开始扩大地基，建大门，并将其列为主要旅游景点之一。于是，便有人以此为据，编了篇韩城史志无载的又被称为韩城非遗的“大禹庙会”。

2016 年 7 月 17 日

古城五营

韩城古城原有东营、西营、南营、北营、中营，合称“五营”。各营均建有庙。但是，五营之庙建于何时，其功能是什么？一篇文章这样写道：“古城金元时驻五营元兵，分驻五庙。”“金城元代建有五庙，庙中原塑‘伏魔大帝’，清代时改塑关帝像，企望神来保佑百姓平安。”

首先，“金元时驻五营元兵”，本身就语义不通。金时能驻元兵吗？其次，“伏魔大帝”是明神宗给关公的封号，全称“三界伏魔大帝神威远镇天尊关圣帝君”，简称“伏魔大帝”。由于作者只知关羽为关帝而不知其又称“伏魔大帝”，所以闹出了“原塑‘伏魔大帝’，清代时改塑关帝像”的笑话。

关羽由人而王而武圣，始于北宋，宋徽宗经过四次册封，将关羽封至“义勇武安王”。到了明代，明神宗又加封至“伏魔关圣帝君”，使其成为“武圣”。这是汉人的信仰崇拜，与元人没有任何关系。元代统治者为了消除儒释道对国民的影响，他们极力推崇藏传佛教，因此，他们不会建造以儒家忠义为思想核心的关帝庙。

城中建营也非始于元。汉民族的治国理念是“国之大事，在祀与戎”（语出儒家十三经之一的《左传》），“祀”是祭祀，“戎”是加强武备。而修建城池便是加强武备的重要措施之一。“营”在这里是名词，即营地，驻兵之所。城中建“五营”，城外建“四哨”，与城墙、城壕一起，构成了城池的基本防卫体系。这应该是在建城之初就列入了整体规划的，而不是等元人来了之后才懂得在城中建驻兵营地。司马迁在《史记·匈奴列传》中写道：匈奴“逐水草迁徙，无城郭常处耕田之业……”游牧民族本身就不知建城池，他们会在汉人修好的城池中建营建庙吗？何况，元人占领这座城池时，它已建成了600余年。

营中建关帝庙是对士兵进行忠勇意识教育，并求关帝神灵对士兵予以护佑。

营为驻兵之所，这是其第一功能。然而多少年才能遇到一次战事呢？无战争就无须驻兵。所以，在和平时期，营便成为一个社区的公共活动场所，成为社区节庆、祭祀、社火等文化活动中心，成为城市建设重要的配套设施。各庙均建有舞台便证明了这一点。

在此，需要厘清两个问题：

第一，不要以为北营庙是元代建筑，就断言五营庙皆系元建。如果用历史唯物主义的眼光去看问题，应该是先有营而后有庙，并且，营址可以千年不变，而庙随着建筑的毁坏坍塌和时代发展可多次重修和重建。《韩城文物志》载，东营庙就建自明代。

第二，韩城所有古建，除了文庙是县学，由政府出资维修外，其余皆为各村社百姓出资建造，与官府无关。看看各古建的历代碑记，便可一目了然。

2016年7月19日

西庄法王庙及徐村法王行宫

韩城元代建筑较多，是一个历史现象，也是一个时代的产物。但如果说法王庙也建于元朝，这就有悖史实了。

法王庙的来历颇具传奇色彩。清康熙年间编纂的《韩城县续志》有详细记载。法王姓房名寅，唐末井溢村人，曾修道于西庄附近的灵贶观，善禁咒之术，活了110岁逝世。宋真宗曾患一疽，疼痛难忍，诸医不治。一夜，忽梦一神人为己治病，随即痊愈。真宗感激，问其姓名住址，封其为“法王”，并令在其修道的灵贶观旁建庙祭祀。工程始于宋仁宗天圣二年（1024），不但建有法王宫，还建有宋王大殿，供奉宋真宗和宋仁宗，说明法王与宋王确有非比寻常的关系。

每一处古建，历代都要维修，在修缮时，保留原始风格，增添当代元素，已成历史规律。但不能因法王庙的献殿具有元代建筑风格就说整个法王庙建筑群是元代建筑。

以前，举办法王庙会时，其献供为大型油轮，《韩城县续志》和薛紫阶、孙尔慧二先生写于30年前的回忆录不仅如此记述，还说得非常详尽，但从未说有蒸“法王馍”一事。所谓的“法王馍”，实际是“房王馍”的讹传。韩城人重视房屋建设，在其信仰中，不但有龙王、马王，亦有“房王”。所以在每年正月初一敬神时，便以大型蒸食“房王馍”祭献房王。其形状是在财神馍之上加个盖，表示房子里不仅住人，更储藏银子。法王不是神，对其祭祀的规格只是社祀，即乡社范围里的祭祀，所以乡民不会对其制做专门的蒸食去祭献。因此，所谓的“法王馍”并不存在。

法王庙建起后，大概求神者较多，而远处民众又不便前往西庄朝拜，于是，周边有些县及韩城县城、段家堡、徐村等地也建了法王庙或法王行宫。谁知当代有人却把建于清嘉庆年间的徐村法王行宫石牌坊正中匾额题词“法王行宫”说成是“宫刑枉法”。并说建此牌坊是为了对司马迁受宫刑鸣不平。如果正中匾额的字是如此念，如此解释，那正中匾额两边的匾额“仁功浩大”“妙术参天”，背面正中匾额“万法归宗”，两边匾额“法济无边”“行仁有术”又该如何读、如何解呢？牌坊立柱前后各刻对联一副，前为“高山积有余神术，曲径开无限法门。”后为“仁风鼓动一春景，法术甄陶三月天。”这与司马迁又有什么关系？

此牌坊万不可毁。一旦没了实物，某些人的谎话便成了真言。

2016年7月7日

北涧西背芯子

背芯子是韩城一种民间社火。以前，表演这种社火的村庄有新农村和北涧西村。后来，新农村停演了，唯北涧西村一枝独秀。

北涧西背芯子源于何时，有一篇介绍韩城非遗项目的文章这样表述：“相传元朝有一个李皇后，其父有谋反之意，皇上发现后，念其儿女之情，将其贬为乞丐，发金碗金筷，罚其走遍天下乞讨为生。李父乞讨到韩城，看到北涧村背风、向阳，河水绕山而过，村后有狮山，前有牌楼，村中有古塔，犹如一个世外桃源。加之狮山庙会更是远近闻名，便决定在此安家。每到二月二，子背母、父背娃上狮山赶庙会，村人为夸其民风淳朴，便将这一场景浓缩于背芯子这种民间艺术之中。”

这个故事虽冠以“传说”二字，但编造得有些离谱。

第一，元代蒙古人实行严格的族外婚，在一些部族之间，往往保持着较固定的通婚关系。成吉思汗“黄金家族”的婚姻即为其典型代表。他们家族的男性成员选择配偶，尤其是蒙古大汗、皇帝选择后妃，大多本着“因其国俗，不娶庶姓，非此族也，不居嫡选”的原则，与“黄金家族”长期保持通婚关系的只有弘吉剌、亦乞列思、汪古部族。窝阔台汗在1237年宣布：“弘吉剌氏生女世以为后，生男世尚公主。每岁四时孟月，听读所赐旨，世世不绝。”蒙古国及元朝的皇后，确实大多出自弘吉剌部；而弘吉剌部的男性领主，几乎无一例外地具有驸马身份。蒙古人在本族内部婚配尚且有如此严格的规定，那作为元朝第三、四等国民的汉人、庶姓，能进入皇宫吗？更遑论当“皇后”！

第二，“李皇后”的父亲有谋反罪，不管在哪朝，不杀即下狱重治，还能发金筷金碗让你去全国乞讨？还允许带上家属，又敢堂而皇之选择风景秀美的北涧西安居？在作者笔下，“李皇后”的父亲已从朝廷命犯变成了一个凌驾于法律和皇权之上的超人。

第三，每年二月二，子背母、父背娃上狮山庙会，是北涧西村人的传统，还是“李皇后”父亲一家的做法？若是村人的传统，那将这一场景浓缩于背芯子则与李氏无关，把这一传说放到这里便无任何作用，无非就是想用一个“元”字。若为“李皇后”父亲一家之举，村人见了，夸其民风淳朴。偌大的一个北涧西村，在此之前连子背母、父背娃这个最基本的孝道、慈道都不懂，未免也太贬低北涧西村人的人伦之道了。

2015 年 5 月 19 日，在由陕西省旅游局和中国旅游报主办的 2015 “秦岭与黄河对话”活动中，“黄河文化大展演”在韩城文庙、城隍庙举行。在介绍参演节目“背芯子”时，说“韩城背芯子创自清道光年间。”去年还说是创自清道光年间，今年便穿越到元代。到底创自何时，总不能一年一个说法！为什么一定要贴上“元”的标签？

西安临潼区卷子村、长武县等地也有背芯子。关于临潼背芯子的起源，说法不一，有的说源自唐代。说是每逢庙会，父亲为了让儿子看社火表演，往往都是将孩子架在肩上，于是人们便将这一现象演变为背芯子。此说有生活气息，也与实际演出情景相吻合，比较可信。

另外，山西清徐县也有背芯子，民间俗称“徐沟背铁棍”。其实，这种称呼更加直白。因为背芯子就是在壮年男子的背上绑扎一根长长的铁棍，上端固定一名经过化妆的小孩。背着小演员的男子身穿长袍，头戴礼帽，排成两列纵队，在锣鼓声中交叉扭动，小演员则随时看大人的扭动变动双臂。清徐县的背芯子已于 2008 年入选第二批国家级非物质文化遗产名录。在申报时专家将此社火称“抬阁”，也称“芯子”。但他们却未说背芯子源自元代。

韩城古属晋、魏，在经济、文化领域与山西交往密切。加之明初移民多来自山西，所以北涧西的背芯子由清徐传来，似乎可备一说。韩城四合院民居建筑中的砖雕，与山西清徐、陟县等地的民居砖雕风格十分相似。据有关专家说，党家村民居的建设多请山西工匠，这均可从一个方面去证明晋文化对韩城文化的影响。或者，临潼与韩城古时同属京兆府、同州，在民间文化交流中，韩城将临潼的背芯子引进而来，亦有可能。但说北涧西背芯子源于元代，实为臆断！为此又编出个“李皇后之父”的所谓传说，与史实风马牛不相及。

2016 年 7 月 12 日

城北村龙凤旗

过去，城北村的百面锣鼓表演，均以数十面龙凤旗作为先导。人们无不为那制作典雅、气势恢宏的旗帜所叹服。据《韩城市文物志》载，因为这些旗为城北村闹社火专用旗帜，故称“城北村龙凤旗”，距今已有 100 多年的历史。

但一篇介绍韩城非遗项目的文章却将其名称改为“韩城龙凤旗”，这本身就是概念之错。作者在文章中说“城北村的龙凤旗在韩城绝无仅有。它由旗演变而来。有文字记载的是明万历年间作战时所用，盛行于元末明初，现主要参与社火表演。”这种说法，逻辑混乱，语意不通。

城北村龙凤旗并非由旗演化而来，它本身就是旗的一种。据《周礼》记载，古时将旗分为九等，从天子到各级官员，各以不同的图案和装饰作区别。在庆典和祭祀仪式中，用以标识各自的身份和地位。因为是竖打的，因此称“旌”或“旌旗”。我市乡村丧事中打的“铭旌”，便是这种旗帜的存留。

后来旌旗作用渐变，成为皇家仪仗的组成部分，再后来民间的庆典、祭祀活动也便以旌旗作仪仗，以壮声色，城北村即为其一。但为什么全市只有此村保留了这一古老传统，定有缘由，当予深究。

但文章的作者却说这种旗既“盛于元末明初”，又是“明万历年间作战时所用”，令人不解。

据《徐氏家谱》载，现居城南、城北两村的徐氏居民，皆系明初大将徐达胞侄徐常之后裔。徐常因跟随徐达征战有功，明朝开国后，被封为威武大将军，镇守山西等地。后落户山西万荣。徐常有十个儿子，四子山、五子林先后迁居至今城南村，二子树、三子木先后迁居至现城北村。两村现有一千多户，为韩城徐氏聚居之最大村落,亦为韩城单一姓氏聚居之最大村落。

由以上记载可以看出，徐氏迁韩建村，当为明代，社火之盛，更为村落壮大以后之事。这时，元早已灭亡，那这种旗为什么“盛于元末明初”？为什么硬要与元挂上钩？

文章又说城北村这种旗是“明万历年间作战时所用”，但查了一下明万历年间由邑人张士佩编写的《韩城县志》，当时韩城并无战事记录，那城北村人打着这种旗和谁去打仗？亦令人莫名其妙。其实，这种旗根本就不是作战用的旗帜。

整理非遗资料，其目的是传承优秀的传统文化，倘凭臆想去编造，这项工作便失去了意义。

2016 年 7 月 6 日

吃羊肉

早晨起来到羊肉馆（以前称羊血店子）吃羊肉，是过去韩城人的一种食俗。它的吃法很简单。盛一碗原汁羊肉汤，放几片煮熟的羊肉，不加任何调料，泡上约一指厚的干片馍，就叫吃“甜羊肉”；调上盐、醋、放点葱花，就叫吃“酸羊肉”。传统的吃法，不调辣椒，也不就蒜。

现在有人将这种食物称“羊肉泡馍”，其实欠妥。因为“羊肉泡馍”是传承已久、有特定文化内涵的回民食品，且已为大众所熟悉，成为陕西甚至西北地区的面食代表之一。而我们的吃羊肉是具有地方特色的小众食品，用别人的名称称呼自己的食品，混淆了两种不同食品的概念，弄得消费者一头雾水。

韩城人吃羊肉究竟始于何时？

考古证明，中国北方养羊，已有七八千年的历史，而据《韩城市文物志》载，韩城已发现距今 5000 至 7000 年的新石器时代遗址就有 25 处，且遍布市域东西南北。这说明韩城在新石器时代就有了养羊业。

商周时期，羊已成为中原地区主要的家养肉食动物之一，并用来祭祀和殉葬，《诗经》《卜辞》均有记载。中国从汉武帝起罢黜百家，独尊儒术。每年祭孔，国学用“太牢”（一牛、一猪、一羊为太牢），郡县用“少牢”（一猪、一羊为少牢）。司马迁在《史记·太史公自序》中，说他少时曾“耕牧河山之阳。”牧什么？旧时牛为农民主要的生产工具，历代朝廷均不许随意宰杀（少数民族除外），那他牧的主要就是羊了。可见从汉代起韩城民间食羊已达到了十分普遍的程度。

正因为人们食羊历史悠久，羊肉肉质鲜美，我们的先人在造字时，才用一鱼一羊组成“鲜”字。而造字者仓颉就是距我们韩城只有 100 多公里的白水县人。

在清末韩城知县张瑞玑编写的《韩城县乡土志》中，还记载了羊毛、羊皮为韩城唯一销往海外的大宗物资，羊皮年销白银两千两，羊毛七百两，可见古时韩城养羊之多，质量之高。

但一篇介绍韩城非遗的文章却说韩城人吃羊肉源于金代，也有人说韩城人吃羊肉与元代蒙古人有关，又有人说明初朱元璋下令，无论宫廷还是庶民，每年八月十五除了吃月饼，还要吃羊肉，因为“羊是蒙古人的特产，有宰羊吃掉鞑子的寓意”(这是其原文中的话，并非我编造)。这种说法，实在可笑。

在羊肉汤中泡馍吃，把这种极为简单的食品说成始于金代，又要等到元代蒙古人来教，或等到明代朱元璋下令才会吃，实在把韩城的文明史说得太短暂了。也把韩城人的智商想象得太低了。不说长江南北的百姓是否八月十五都要吃羊肉，单是在陕西长安一带，民众过八月十五就不吃羊肉，那朱元璋的圣旨是否只传达到韩城？

韩城七山一水两分田。山多羊就多。羊多，便形成了韩城人喜食羊肉的习俗。俗语“靠山吃山，靠水吃水。”一方水土养一方人，这才是民俗形成的根本原因，与金代、元代蒙古人、明代朱元璋无任何关系。

2016 年 6 月 19 日

羊肉饸饹

历史上，饸饹就是韩城的一种特色小吃。中华人民共和国成立之前，因其多系荞麦面压制，故称“荞面饸饹”。

韩城饸饹分热饸饹和凉饸饹两种。把压出的饸饹在凉水中涮去黏汁，控干水分，拌上食用油，调上盐、醋、芥末、蒜泥、油泼辣椒，搅匀而食，就叫吃“凉饸饹”。如果在凉饸饹中再放点凉粉，就称“凉粉饸饹”。准确一点，称“荞粉饸饹”。“荞粉”是用荞麦面制作，其做法是先将荞面用水和成团，包在纱布中在清水盆中反复洗，使其淀粉析出沉淀。然后滗去多余水分，置铁锅中加热，像打搅团一样不断搅动。待熟之后，盛于瓷盆之中冷却。使用时，从盆中翻出，切成细条食用。其颜色呈淡灰色。现在已没人这样做了，都是用现成的洋芋粉面加工，颜色虽白，但筋度及口味远不及荞粉。

另一种吃法是吃“热饸饹”。热饸饹分荤素两种，均以红辣椒面经油泼后调汤。素饸饹以白豆腐片做臊子，每碗两片，每片大小如麻将。荤者用羊油辣子调汤，用腐制的羊肉做臊子，这便是人们津津乐道的“羊肉饸饹”。

说到荞面饸饹的历史，还得从荞麦的起源说起。在陕西咸阳杨家湾四号汉墓，曾出土过荞麦，距今已有 2000 多年。由于其适宜在山坡旱原地生长，且耕作粗放，生长期短，从播到收只有六七十天，故成为中国古代重要的粮食作物和救荒作物之一。据史书记载，荞麦于唐代普遍种植。

韩城七山一水两分田。由于耕地面积小，产粮有限，每年都要从周边县购买。但山坡地多，故而在坡地种点荞麦也不失为解决粮食不足问题的措施之一。

但是由于荞麦性凉，脾胃虚寒者食后容易产生腹胀等症状，所以人们便以羊肉佐餐。因为羊肉性热，可抵消荞面性凉给身体造成的不适，还能增强此种饭食的口味和营养。因此，陕西、山西、河北等地经营的饸饹中，不少都是羊肉饸饹。

正因韩城山地面积大，故羊和荞麦就成为韩城的资源优势，羊肉饸饹自古便成为当地人喜食的民间小吃之一。从前，老城街道卖小吃的店铺，最多的就是羊肉饸饹，各乡镇及集会经营小吃最普遍的也是羊肉饸饹和凉饸饹。

饸饹吃起来简单，做起来却较为麻烦。它先要将荞麦去皮，然后将荞麦糁磨成面，并且要用专用器具——饸饹床子压制，还要另支炉子烩臊子汤。有人说韩城吃羊肉饸饹是蒙古文化传承，实际上并非如此。对于 13 世纪的蒙古人来说，由于本身系游牧民族，居无定所，不事农耕，所以就缺乏农耕民族生活所需之耕地、农具、粮、菜、油等加工储存设施及烹调技能。特殊的生存环境和生活方式，就决定了他们只食肉、奶和加工简单的炒米，而不食用只有农耕民族才精细加工的各类面食。

辣椒原产墨西哥，传入陕西，已是清嘉庆、道光年间。所以在羊肉饸饹中用辣椒作为主要调味品，已是清末以后的事了，也与元代和蒙古人没有关系。

韩城人自古就“南敦稼穑，北尚服贾”。陕北的定边很早就是韩城人外出经商的基地之一。那里盛产沙蒿。沙蒿面具有很强的黏性，做生意的人将其带回，加入饸饹面中，以增强其筋度。但以此作为羊肉饸饹中的元代蒙古文化元素，亦是穿凿附会。

有一篇资料说荞面饸饹是陕西省著名的汉族面食小吃，被誉为北方面食三绝之一，与兰州拉面、山西刀削面齐名，但均未提及此物与蒙古人有关。

2016 年 6 月 22 日

羊肉胡饽

韩城的羊肉胡饽源于回民的羊肉泡馍，它以形、色、香、味俱佳而成为韩城著名的特色小吃。

羊肉胡饽在韩城的传承也源远流长。

小麦原产于中亚，四千多年前传入新疆。汉代丝绸之路开通后，小麦、许多果蔬（如胡饽必用的芫荽、大蒜等）及器物陆续传入中国内地，国人便将从西域传入的物品冠一“胡”字。中亚各国百姓多以羊肉、面饼（馕）为其主食，他们的饮食文化也相继传入了中国。

据央视4套《走遍中国》栏目2012年12月20日报道，在甘肃嘉峪关新城村曾发现一座距今1700余年的古墓。墓室中有反映墓主人生前生活的壁画，其中几幅反映了烙饼器具和烙饼过程。专家推断，这是中国目前发现最早的制作烙饼的证据，证明中国人的烙饼技术是由西而东传入的。

2016年6月18日央视4套“国宝档案”栏目播出了一期“丝绸故事——舌尖上的长安”，主要内容是说在唐代，随着丝绸之路的扩大，中西交往的繁荣，京城长安西域人渐多，“胡食”的影响渐渐扩大，进而成为消费时尚。胡食中仅羊肉一项已能做出十几种菜肴，其中“胡饼”也为朝野所爱，著名的羊肉泡馍便为其典型代表。据说安禄山作乱，唐玄宗从长安城仓皇出逃时，便以胡饼充饥；鉴真和尚东渡日本，所带干粮亦为胡饼。韩城汉唐时曾为京畿之地，其文化不能不受京城的影响。于是以羊肉和胡饼做成的羊肉煮馍便随着回民的东迁带到了韩城。韩城由于山多羊多，人们爱吃羊肉及其制品，羊肉煮馍很快便为韩城人所接纳。只不过当地人喜食面条，人们将饼不掰小块，而是切成细丝烩制，称其为“羊肉胡饽”（饽即馍），民间至今还有人称其为“煮馍”。到了清嘉庆年间，辣椒由省外逐渐传入陕西，关中一带人也才渐以辣椒调味。而以西安地区为代表的回民羊肉泡馍，是把烙好的面饼掰成枣核大的小块，烩入羊肉汤中，而把辣酱、糖蒜、芫荽置于另一小碟，由食者自己调用。韩城羊肉胡饽则是把辣椒面、蒜片、芫荽炝入羊肉汤中，把烙好的面饼切丝置入汤中烩制。二者用料相同，只是烹调工艺有所区别。所以说，羊肉胡饽与回民的羊肉泡馍是同源而异流，带有明显的回民食文化特色。

但是有人却说羊肉胡饽是元代蒙古士兵的行军快餐，韩城人传承了它。

13世纪的蒙古人，是游牧民族，他们逐水草而居，既居无定所，又不事农耕，缺乏农耕民族生活必备的土地、农具及生活用品，所以他们的主食不是小麦，而是肉、奶和炒米。有关资料记载，当年成吉思汗统一漠北时，便以炒米为行军食品。时间过去了700多年，解放战争时期解放军战士行军，一肩斜挎子弹袋，一肩斜挎的就是小米袋。抗美援朝时期，志愿军战士把米换成了炒面，在阵地上，吃一口炒面，就一口雪。以上事例足可说明什么是行军快餐。而做羊肉胡饽，要备柴炭、炉子、大铁锅，煮羊肉；再备个炉子、铁鏊，烙饼；再备块案板，切馍；还要备好芫荽（香菜）、大蒜、辣椒、米醋；再备个炉子和铁锅烩制……这种需要具备多种烹调工具和工艺的饭食能适应战争环境吗？所以说，在公元13世纪，按蒙古人的地理、气候、物产、民俗及生活习惯，他们不但做不出羊肉胡饽，也无法将其作为行军快餐。况且那时作为羊肉胡饽主要调料的辣椒尚未传入中国。

2013年4月16日

“那哈”之谜

在新城区之东的黄河岸边，有地畔相连的两个村子，一为卜家村，一为丁家村，俗称“卜那哈”“丁那哈”。而在金城区的薛曲村，将苏姓、王姓、解姓聚居之地也分别称为“苏那哈”“王那哈”“解那哈”。在全韩城市域，叫“那哈”者仅此五处。

“那哈”是什么意思，有人说是蒙语，与元朝蒙古人有关。

如真为蒙语，那其命名便有两种可能，一是蒙古人在此立村，便以蒙语命村名。但这五处居民的姓氏卜、吴、丁、苏、王、解皆为汉人，卜氏还自称是卜子夏的后裔，可见第一种可能并不存在。第二种可能是元代建村时，蒙古人要按自己的意志去命名，但从事实看，这种可能也不存在。

卜家村正名“河渎村”，至今由渔村、卜家村、丁家村、卓立村四个自然村组成的行政村还以“河渎”命名。河渎村建于何时，远不可考。村东黄河岸边原有河渎灵源王庙。北宋大观二年（1108）冬，黄河韩城至合阳段变清月余，宋徽宗以为祥瑞，派人来韩城河渎灵源庙祭祀，并重修了庙宇，还立碑以记其事。这就是著名的《敕修同州韩城县河渎灵源王庙碑》，简称《河渎碑》。因河岸崩塌，现移至司马迁祠。可见在蒙古人来韩之前早已有河渎村存在，人家雅名怎么叫，俗称怎么呼，早已有之，与蒙古人无关。

由解家村人编写的《今古解家村》记载，金末元初，山西稷山人解进避乱于韩城，在县北原井头坡落户，到元朝后期，已繁衍至几十户人家，遂改村名为“解家村”。

这是个正儿八经建于元代的村落，为什么元代的地方官员就没管，任其叫“解家村”？

与解家村相邻的党家村，也始建于元至顺年间，先称“党家湾”，后称“党圪崂”，正名“党家村”，为什么元代的地方官员也没将其叫“党那哈”呢？

有意思的是到了明代，解氏一支由解家村迁居至现金城区薛曲村。当户数繁衍渐多时，人们便将解氏聚居之地称为“解那哈”。这时村名为什么仍以“解那哈”称？“那哈”一词是否为蒙语，我曾请教过在韩城工作的蒙古族同志，他们也不知道。这个词谜，应当从当地方言的演变过程去破解，而不是自作聪明地下结论。

另外，还有人说“可立马逡”是蒙语，但陕西电视台 4 套《陕西方言》栏目却说它是关中方言、西安方言，并未说其是蒙语。

其实，说“那哈”和“可立马逡”是蒙语的人不见得就懂蒙语，只不过是以此来显示高深。或有意作秀把本民族的传统文化贴上少数民族的标签以哗众取宠。许多不明真相的人不但被忽悠了，而且口口相传，谬论便成了真理。

2016 年 7 月 5 日

诸如此类，还有很多，言必称元，已然成风。甚至有人在谈及韩城历史文化时，竟对所谓的元文化津津乐道。人们不禁要问，清朝也是少数民族之一的满人统治，且统治中国的时间长达 276 年，比元朝统治时间要长一倍多，从时间上讲也离我们最近，清代遗留下来的古建筑要比元代多得多，难道满人就没有给我们留下值得一提的文化现象？为什么距我们已经过去 600 多年的元人就给韩城留下了这么多的非遗？

其实，元代除了其建筑具有时代特征外，在其他方面乏善可陈。笔者将其罗列出来，是为了正本清源，把被歪曲了的韩城文化正过来，以增强人们的文化自信和辨别是非的能力。

吉鸿昌来韩城新考

1984年4月，由政协韩城市委员会编辑印刷的《韩城文史资料汇编·第三辑》刊登《吉鸿昌同志在韩二三事》一文，文中有这样一段记述："一九二九年（民国十八年）冬，吉鸿昌部奉命到陕西休整，驻扎在大荔、韩城一带，翌年春离韩。"

1991年12月出版的《韩城市志·大事记》载："民国19年（1930）2月9日，国民革命军联军第九路军总指挥兼第十二师师长吉鸿昌回韩祭祖，给韩城中学图书馆捐大洋1000元，韩城中学用此款购买《万有文库》一套。"另外，吉还给吉氏老祖祠捐大洋1000元，并题赠牌匾一方。

2000年，在编写《韩城市文物志》时，我系编写组成员，主笔"近现代文物"。在注释《吉鸿昌捐银记事碑》时，由于《韩城市志》记载吉来韩时间比《韩城文史资料》具体，便采用了《韩城市志》的记述，将吉鸿昌来韩时间写为"1930年2月"。

近日偶读彭国桢、张润三所著《吉鸿昌与二十二路军》一文，所述吉来韩之事与韩城史志所载略有出入。彭曾为吉鸿昌部下，该文又载于中国人民政治协商会议全国委员会文史资料研究委员会编写的《文史资料选辑》（第五十二辑，1964年3月第一版），可信性较强，故按彭文，予以正误。

彭文记述吉来韩的时间为 1930 年 3 月。文中有这样一段话："阎（锡山）、冯（玉祥）联合反蒋酝酿成熟后，冯于 1930 年 3 月 10 日由山西回到潼关部署讨蒋。吉接到冯的命令，立即带领部队离开宁夏，参加讨蒋。他带着十一师由宁到陕，部队驻在大荔、朝邑、韩城一带。"此段文字在时间的表述上更为确切，即吉鸿昌来韩，既不是《韩城文史资料》上说的 1929 年冬，也不是《韩城市志》上说的 1930 年 2 月 9 日，而应该是 1930 年 3 月。

其次，是吉鸿昌来韩时的头衔问题。按彭文所述，吉在去宁夏前，是西北军冯玉祥部第二集团军第十九师师长。1928 年初，吉在与直鲁联军作战时受伤，离队医治，伤愈后在陕西接收了佟麟阁的十一师，西上平定"五马"之乱。1929 年 5 月收复宁夏，并接任宁夏省主席。这时，蒋介石为了分化离间西北军，用飞机给吉空投了一份"第九路总指挥"的委任状。虽然吉当时将其撕毁，但毕竟这件事已为人知。所以，吉在接到冯的命令离宁赴陕时，其头衔应该是"国民革命联军第九路总指挥、西北军第十一师师长"。之所以称吉为"西北军第十一师师长"，是因为自 1927 年蒋介石叛变革命、国共合作破裂后，共产党人已开始建立自己的武装力量，大革命时期的国民革命军已四分五裂，沦为军阀混战的工具，其编制和番号也渐各自为政。彭文在谈到吉率部在河南与蒋军作战时，其中一次对手也恰好是十一师，即蒋部陈诚率领的十一师。所以，为了准确记述历史，我认为称吉当时为"西北军第十一师师长"比较符合实际，《韩城市志》称其为第十二师师长亦不准确。

吉在大荔、韩城停留不久，随即赴河南参加讨蒋之战。至

9月底，讨蒋失败，吉部十分困难。为了挽救一万多名士兵的性命，吉从长计议，暂时归附了蒋介石。但他派人向西北军同志说明，这是不得已而为之。从他最后死于蒋介石之手这一史实来看，他此时的话并非虚言。

注： 本文原载于2003年7月《韩城报》副刊。

金城万字院并非王杰所建

金城万字院，曾为状元王杰宅第，但并非王杰所建。

当年在编纂《韩城市志》时，解家村一位老先生曾提供过一份资料，其中提到城内万字院系解家村三进士所建，而实际情况，也完全符合资料上的说法。

三进士即明万历年间解家村“一母三进士，一举一贡生”中的解经邦。经邦在兄弟五人中虽排行老三，却出类拔萃，最先脱颖而出。比其两位兄长早六年中进士，并且精明能干，官至兵部侍郎，时人称其为“三进士”。

三进士发迹之后，便在县城内修建了宅第，因其占地面积较大，又系望族，故人们便将其门前的小巷称“解家巷”，将其院北的高楼称“将军楼”（见《韩城县乡土志·城内高楼》，清光绪张瑞玑编纂）。至于取名“万字院”，据解家村老人谈，他们村原来规模较大，四合院鳞次栉比，大小巷道曲折幽回，因此，三进士家所处的巷道人称“万字巷”。三进士将城中宅第取名“万字院”，是以此彰示地望和对故里的纪念。

到了清乾隆年间，庙后村出了个状元王杰。王在朝做官40余年，历任吏、礼、兵、刑、工五部侍郎及乾嘉两朝宰相，最后全身引退，赢得了嘉庆皇帝“直道一身立廊庙，清风两袖返韩城”的赞誉。这里需要指出的是，在当时满、汉官员共同治理朝政的背景下，没有一身正气和清廉，王杰是难以站得住脚的。何况王杰的对手还是不可一世的和珅！邑人薛国观，明末亦曾任宰相，虽为政治斗争的牺牲品，但直接置他于死地的，还是所谓的经济问题。可见廉洁对于一个人的重要性。王杰一生虽地位显赫，但并未在故里大兴土木，也未给后人留下豪宅良田，归里时仅数十箱书而已。其告老还乡时，是清嘉庆七年（1802）。这时，他已 78 岁，因家无田产，此时，城内万字院的主人已风光不再，于是王杰的儿子便将其“当”来让老人居住（“当房”是旧时房屋的一种租赁方式）。嘉庆九年（1804），王杰及夫人程氏八十大寿，嘉庆皇帝亲书联匾并赐厚礼予以祝贺。当年 11 月，王杰去京城谢恩。翌年正月，病逝于京邸。王杰在万字院居住，前后只有三个年头。之后，其后人将其“死业”（即解除典当契约而将其购买），万字院才彻底归了王家。

笔者撰此文的目的有二：一是讲清万字院的来历；二是借以拭去抹在王杰身上的污点。有人曾撰文，说当时韩城一位县令为了讨好当朝宰相王杰，极尽逢迎之能事，为王杰在故里城中大兴土木。因其照墙上的万字拐花边做得特别精致，故将此宅第取名“万字院”云云。这样想当然地写历史，有辱前贤，对读者也是一种误导，有必要予以厘清！

2003 年 8 月 31 日一稿

2012 年 3 月 5 日二稿

也谈金城南街石牌坊题词

昔日，金城南街距南城门10多米处，原有一石牌坊，建于民国二十三年（1934），其匾额两面题词“川原环抱”，系韩城当时著名书法家王宛圃书。

20世纪70年代，此坊被拆。

2003年，金城街道修整工程完工后，市政府拟在其原址重建此坊，当时就原牌坊题词向社会征集过信息。于是，有人说是“秦郭回周”，有人说是“西河重镇”，我说是“川原环抱”。因为我少时在学巷小学上学，家父在金城南关木厂经商。每日上学，来回必从牌坊下走过。所以对牌坊形式及题词印象深刻。

金城作为原夏阳县治，自西汉末就从原芝川故城逐渐迁至现址。隋开皇十八年（598）更夏阳为韩城，其城墙始建于隋大业十一年（615），筑成于唐初，故邑人张士佩在修《韩城县志》时，称其为“汉唐旧治”。由此可见，此处既无秦筑城池的遗迹，周围又未发现有关秦的遗物，故与秦毫无干系，何以能称“秦郭回周”？

题词“西河重镇”也于理不通。韩城与其以南沿黄河诸县如合阳、大荔、二华等地，春秋、战国时曾为晋、魏的西河之地，从建置讲，当时韩城称少梁。秦从魏手中夺取少梁后，更少梁为夏阳。无论称少梁还是夏阳，从春秋、战国以至秦汉，其政治、经济、文化、军事中心一直设于原芝川故城。而彼时的现金城地域还是乡野，何以称“镇”？自秦从魏夺取西河之地到秦统一中国，“西河之地”之称早已不存在，而始建于隋的金城何能以“西河重镇”相称？

是年4月，时任市城建局副局长兼名城办主任的段兴民先生就重修牌坊一事在金城贾艺华先生家召开座谈会，就原牌坊具体位置、石质、样式、匾额题词等进行了讨论。据与会的原牌坊所在地域的文庙村人张徐阁、吴英杰二先生谈，原牌坊为青石质，其匾额两面题词皆为“川原环抱”，为王宛圃所书，字体为民间所谓的“孩儿体”，阴刻，字涂绿色。

《韩城市志》载，民国二十三年（1934），韩城县长由少蕴在金城书院街创建了“韩城民众教育馆”，在馆内建成了韩城历史上第一座两层西洋式图书楼，并在馆大门前修了一座花园。花园门额为青石，题词“花木精神”，亦为王宛圃书，阴刻，字涂绿色。该门额及原石牌坊之残件均现存于市博物馆。

由少蕴1936年离任，由此可以推断，民教馆与原石牌坊皆建于由少蕴主政时或同一年。张徐阁、吴英杰二先生均长我一辈，虽系农民，但有文化。从其年龄看，当年建牌坊，或许亲见，尔后经常从牌坊下过往，记忆也应无错。

金城四城门额原各有题词，东为“黄河东带”，西为“梁奕西襟”，北为“龙门盛地”，三个题词均点明了金城东、西、北的地理形势，因南门为韩城以南各地人进入金城的正门，故门额题词“溥彼韩城”，既点明了韩城一名的出处（出自《诗经·韩奕》“溥彼韩城，燕师所完”之句），又蕴含了韩城的悠久与广博。但美中不足的是其题词立意与其他三城门有异。因为出南城门，南望是广阔的二十里平川，东眺是高高耸立的东原。于是，后来的有识之士便在刚进南门十来米处建个牌坊，题词“川原环抱”，以弥补南门题额未能道出金城之南地理特征的遗憾。与东、西、北三城门的门额题词一起，全面准确地道明了金城四周的地理特色，实有画龙点睛之妙。

若非段兴民先生召开会议，张徐阁、吴英杰二先生亲口做证，该牌坊原题辞还真地难以恢复真相。

此牌坊拟由贾艺华先生负责修建。会后贾先生也拿出了效果图。之后听说停建了，原因不知。

2022 年 4 月 25 日

注：本文原载于 2003 年 4 月 18 日《韩城报》，收入本书时有所修改。

元代郝鼎臣并非状元

近年来，韩城一些文史工作者在记述韩城历史名人时，说韩城不仅在清代出了个状元王杰，在元代还出了个状元郝鼎臣。其实，郝鼎臣并非元代状元。清乾隆年间编纂的《韩城县志》中有岳崧给郝鼎臣写的一篇墓志铭，这篇墓志铭对郝鼎臣的生平履历有一个较为详细的交代。为了便于说明问题，现将此墓志铭节录如下：

北山先生姓郝，讳鼎臣，字巨卿。祖蒂儒宗，系韩奕人也。前金明昌元年（1190）庚戌生。幼学明敏，博识洽闻，文章光艳，名重当时。泰和八年（1208），占京兆府试，荣擢巍科。一时人物，靡不钦风推奖，其异于人者远矣。厥后历重庆、兴定、贞祐、元光之祀，三赴大比，虽厕上游，位不至达。噫嘻，何其命耶？至正大己丑（正大六年，1229），始蒙恩赐守知商州洛南县。未几，值金政衰微，干戈满地，天下纷纷。明年庚寅（1230），圣元大军入秦川。韩城当要冲，平荡无余，乃至骨肉相失，被虏河东。孤身遁走，流落之汴。开兴壬辰（元太宗四年，1232），大中书丞相耶律公，为董军国事，适汴，乃张宴以待四方之士。于是入谒。有诗云："大道分明有杀机，干戈未定竟何之？寒枝欲发无根蒂，凭仗东风次第吹。”大加叹赏。至乙未（元太宗七年，1235），天下甫定，元元苏息，德亲耕凿，先生安息而归桑梓。至戊戌年间（元太宗十年，1238），京兆府学设置贡院，精选高业儒人做考官，设辞赋。已而，蒙陕西行中书省公选，充本省参议兼管京兆儒学提举学校事。十数年，休致告归。……无疾终于寝所，享年八十有六，实至元十二年乙亥（1275）是也……

岳崧与郝鼎臣是同时代人，又是郝鼎臣的学生，且受郝鼎臣之孙郝诚、郝益之请为老师撰写墓志铭，应当说可信性与真实性是没有问题的。

这篇墓志铭文字不多，但把郝鼎臣的履历交代得比较详细。

郝享寿 86 岁，经历了金、元两朝。他出生于金明昌元年（1190），至正大七年（1230）元兵占领韩城，他在金代生活了 40 年，他的功名，应该是在金代取得的。铭文中说，金泰和八年（1208），当他 18 岁的时候，应试京兆府，成绩不错，名列前茅。但既然是府试，或相当于乡试，录取后的功名只是举人，即使是第一名，也只能称“解元”。是否中了解元，文中未提，说其“荣擢巍科”，只是名列前茅的另一种说法。

铭文接着说他“三赴大比”，即三次参加会试，虽成绩优良，但并不理想。铭文中说的“位不至达”，不但说其未中状元、榜眼、探花，甚至连个进士也未考中。因为在古代，只要考中进士，就算圆满走完了追求功名之路。而郝三次参加考试，说明考试成绩并不理想，所以他的学生以“何其命耶”为老师叹息。直到金正大六年（1229）他 39 岁的时候，金廷已摇摇欲坠，才给了他个洛南知县的官职。这时元军已经南下，估计没当几天便弃官而逃。因为铭文说他当官的第二年（1230）元军便攻克了韩城。战乱中，他与家人失散，被虏至山西，而后又逃走，“流落之汴”，汴即河南开封。

以上便是郝鼎臣在金朝的经历。

史载，元军进入中原后，窝阔台（即元太宗）九年（1237）八月，诏中原诸路以论、经义、诗赋三种考试儒生。诸路考试，均于次年（戊戌年，1238）举行，故称“戊戌选士”。“路”是元代行政建置单位，隶属于行省管辖。这个记载与铭文中“至戊戌年间，京兆府学设置贡院，精选高业儒人作考官，设诗赋”的记述口径一致。而在这次考试中，郝鼎臣被选中，派去管理京兆儒学。但这次考试，是各路自行举行的、选拔儒学管理人员的地方性考试，既非朝廷举行的统一考试，又非正式的科举考试，所以，既产生不出举人、进士，也选不出解元、状元。有资料显示，元代的科举考试，一共只举行了 16 次。首次乡试始于元延祐元年（1314），次年举行会试。而这时郝鼎臣已逝世 39 年，根本谈不上去考进士状元了。还有资料显示，元代举行的 16 次科举考试中，共产生过 32 名状元，陕西连一个也没有，更遑论韩城。

不但国史中对郝鼎臣是元代状元没有记载，就是在历代的韩城县志中也无记述。明万历年间张士佩修的韩城现存的首部县志，未列选举表，只给郝写了传。清康熙年间编的《韩城县续志》，在《补历代科贡表》中，只笼统地记道：“元，郝鼎臣，号北山，三登魁甲，前志有传。”至于取得功名是什么？

哪个皇帝年号？什么时间，乡试还是会试？再无记述，也未说郝是状元。接着在清乾隆年间编的《韩城县志·科举表》中，也只写了“元，进士，郝鼎臣”六个字，也是既无皇帝年号，又无科举纪年，不知怎地，平白无故给其送了个进士称号，但也没说郝是状元。

之所以说郝鼎臣是元代状元。其依据大概出自明万历《韩城县志》中的《郝鼎臣传》。《传》中有这么一句话：“（元太宗）十年戊戌，试京兆府，三登魁甲。”这里的“三”是第三次的意思。“魁甲”既指第一名，也可理解为名列前茅。从铭文看，郝鼎臣一生参加的考试共有五次。第一次是金泰和八年举行的京兆府试，接着参加了三次会试，均无功而返。第五次是元初举行的京兆府试，就是获得第一，把在金代参加的京兆府试成绩也算上，那也只是“两登魁甲”，何来“三登”之说，而且两考均为不同性质的地方性考试，怎么能选出状元呢？

可见，“三登魁甲”在这里并非“状元”之代称，而是传记作者的溢美之词。

然而当今的撰文者以为多出一位状元便能更加说明韩城地灵人杰，大众又能为韩城发掘出一名状元而顿增自豪。在这种虚荣心理的驱使下，谬论传播一百遍便成了真理。于是许多人在介绍韩城历史时，便多了一个元代状元郝鼎臣。

其实，郝鼎臣不但不是元代状元，而且还不是一个有骨气的文人。铭文和《传》都提到，元太宗四年（1232），当他刚从元军的俘虏营逃到汴京，恰逢元丞相耶律楚材在汴京会见四方之士，鼎臣也前往拜谒，并献上一首诗。诗云：“大道分明有杀机，干戈未定更何之？寒枝欲发无根蒂，凭仗东风次第吹。”诗的主要意思是说自己想青云直上但没有靠山，想借丞相大人的权力给自己赏个官去做。多么没骨气的人啊！自己的家乡刚被元军蹂躏得“平荡无余”，自己家人被元军追杀得妻离子散，自己刚从敌营逃出，不去重建家园，图谋复兴，却立即摇尾乞怜，向屠杀自己同胞的侵略者去求官。其结果呢？《传》的作者写道：“售之不达。”即目的没有达到。后来通过选士给了他个管理京兆府儒学的事干，但要当行政长官，此路不通！原因何在？一是元代统治者将汉人、南人视为第三、第四等国民，能给汉人文化之类的事做就算不错了，还想从政？没门！二是当时的统治者也看不起郝鼎臣这样没有骨气的文人。所以，《传》的作者以“虽典教而终不与政，何耶？”而结束了《郝鼎臣传》全文。这个问题背后隐藏着怎样的史实和作者的感情，有待于识者解答。

2016 年 5 月 21 日

韩城人的端午节

韩城人端午节的过法，与别处不同。

这一天，乡民家家都要在大门及各居室的门簪上置艾草数枝。艾叶能挥发出芳香气味，可驱蚊蝇，防瘟疫。

早饭时，家家还要吃甑糕。过去，韩城农村人的甑糕多以糯糜子米或糯谷米做成。因为枣和糯米都味甘温中，有明显的内补功能，吃甑糕，可健壮体魄，增强免疫力。

吃完甑糕，成年男女还要饮雄黄酒。酒可杀菌，雄黄是一种矿物质药物，亦具消毒功能。儿童不让饮酒，但要在其鼻孔、耳孔涂抹少许，以防毒虫和病菌侵入。

除了吃甑糕、喝雄黄酒，端午节这天，男女老幼都要佩戴香包。香包以五色绸缎缝制，大小如红枣，香包中包有挥发气味的香草，样式则随人而异，老年人佩戴的形式多如银子罐，泛称“香包”，青年男女佩戴的形似红心，俗称“鸡心”，“鸡”谐音“记”，寓意青年人读书要有记性，做事要用心专心。一件小小的工艺品，也深含着美好的寓意。小孩佩戴的多为小动物，如神气的喜鹊、憨态可掬的小猪等。

古时医药不发达，儿童易夭折，因而人们对儿童的防护措施就更加周全。比如，端午节这天，每个儿童都要系一个绣着蛤蟆、蜈蚣、蝎子、蜘蛛、蛇等五种有毒动物图案的红色裹肚，俗称“五毒裹肚”。让儿童系五毒裹肚，从形式上讲，是以毒攻毒，驱邪免灾。但从保健学的角度讲，儿童系上裹肚，神阙等穴位既可免受风寒侵袭，又可保护肚脐不为毒虫叮咬。多年前风靡一时的“神功元气袋”，其实就是商品化了的裹肚。

在佩戴香包、裹肚的同时，不满 12 岁的小孩还要在手腕、脚腕绑上五色线，称“长命索”。婴儿的手腕、脚腕要系五色绸缎缝制的“馄饨”。“馄饨”实际上是个布圈，大小如玉米粒，固定在五色线上，每六个为一只，左右手各系一只，寓意一年 12 个月都安然无恙。端午节过后，某天闻听打雷，立即将儿童手脚上的五色线及“馄饨”剪下来，挂在石榴树上即算了事。为什么要挂在石榴树上？因为石榴谐音“石留”，石头坚硬，可长期保留，将儿童的佩戴物置于石榴树上，是将孩子的灵魂交给石榴，盼其在石榴的护佑下，健壮成长，长命百岁。

上述各种佩饰，从民俗学的角度解释，是古代“咒术”中“物符”的表现形式。按照韩城乡民的观念，儿童在 12 岁前魂还不全，易遭妖魔鬼怪的伤害，佩戴这些“物符”，便可避邪。到了 12 岁，儿童的魂就全了，这年的孩子生日，就给孩子“卸抻”松绑。“卸抻”之后，就意味着儿童期已过，正式进入成年期，以后再过端午节，除了像大人一样佩戴香包，其他的饰物就免戴了。

由此看来，韩城的端午节，实际上是创自远古、传承至今的民间“防疫节”。人们之所以在端午节这天采取一些防疫措施，是因为端午节前后，是二十四节气中的夏至，这意味着一年中真正的夏天开始来临。这时，气温上升，病菌病毒滋生，各种蚊虫也开始肆虐。为了保护人们的身体免受病虫之害，前人便借端午之日，开展一次全民参与的防疫活动，这才是韩城端午节真正的文化内涵，是韩城先民智慧的结晶，并非是为了纪念战国时期的屈原。

首先，端午节的名称与屈原无关。端者，具有端正、初始之意。午者，古人把农历的 12 个月，每月用一个地支即子、丑、寅、卯等来表示。五月为午，那五月的开端初五便称为端午了。也有人说“午”在《易经》的概念中为阳数，所以把端午也称为“端阳”。因此，无论从哪个方面解释，端午节的名称中没有纪念屈原的元素。

其次，韩城历史悠久，并有着厚重的文化。禹门洞穴的发现，证明 5 万至 8 万年前，这里即有古人类居住，25 处新石器时代遗址的发现，证明这里是中华文明的发祥地之一。韩城始有建置，与楚国同时。西周初，即公元前 1039 年，周成王封周武王之子爵位为侯，封地于韩，即今韩城西南原一带，称“韩侯国”。公元前 1042 年，周成王封有功于周室的熊绎以子男爵位，封地于楚蛮，是为楚国。春秋时，韩城的少梁村一带为梁国，梁带村一带为芮国。从梁带村芮国国君古墓出土的众多高等级文物来看，芮国曾是一个经济文化相当发达的方国。正在发掘的陶渠村古墓葬群，有可能证明这里还存在过另一个春秋时的方国。而屈原是战国时楚人（约前 340—前 278），比韩、梁、芮的存在迟了近 600 年。在这近 600 年中，韩城地区的人以自己的理念和方式过端午节，与数千里之外的楚国和屈原，没有关联。

韩城人端午节吃甑糕，亦可印证这个节日的古老。端午节是韩城民间一个重要的节日。这一天，乡民为什么不吃包子、饺子、臊子馄饨呢？因为据有关资料记载，小麦原产于西亚，约四千年前传入中国新疆，后渐向东种植。战国时发明了转盘石磨，汉代得以普及。之后北方人才渐以小麦面做成的食品为主食，而在食用小麦前，北方人还是以糜谷为主食。

糜谷和大枣均原产于中国北方，至今已有七八千年的栽植历史，《诗经》中就有“无食我黍”“八月剥枣”的记载。

“甑”的起源很早，早在原始社会的陶器时代，甑就出现了，它与“鬲”配套，用来蒸米饭和其他食物。我们的先民把煮成半熟的糯米和大枣一层一层地装在甑中去蒸，蒸出来的食品就称为“甑糕”。由此可见，甑糕这种食品的名称和制作，历史悠久。能将在端午节食用甑糕这一食俗传承至今，不但说明韩城人对传统文化的重视和执着，更重要的是，它印证了端午节起源的久远，与屈原也无关联。

韩城的端午节，还有一个风俗，就是娘家主要成员及主要亲戚要给出嫁不久的女儿送粽子和“串串子”（古时结婚日期一般都选在秋收之后，这时农事渐闲，有充裕时间料理婚事）。送粽子，有寓意，因为“粽子”谐音“增子”，希望女儿早早生子。送“串串子”，寓意更为明显。因为“串串子”是先用竹篾编一个六角形的器物，然后在这个器物上挂 12 条各长一尺二寸的五色线（农历有闰月之年为 13 条，长为一尺三寸），每条五色线上缀以各色绸缎饰物。特别有意思的是在这个六角形器物中心，还要挂一个小布娃娃，这实际上是整个“串串子”的核心内容。“串串子”送到女儿家后，女儿的婆婆将“串串子”上的五色线及饰物分送给左邻右舍，以示喜庆，而这个小布娃娃却必须挂在儿媳的居室。这时，已将早生贵子的希冀变成了赤裸裸的“图腾”，古人的生殖崇拜在端午节已体现至极。

旧时，乡民很少包粽子。原因是韩城虽然有川道、河流，有些河流中有芦苇（在当地，乡民普遍用芦苇叶包粽子），但毕竟种植少，采摘不便，所以直到现在，甑糕还是乡民过端午节的主流食品。

研究民俗，要坚持历史唯物主义和辩证法。屈原所处的时代，正是秦楚对立且相互征战的时代。在这种背景下，楚国一位大臣投江自尽，远在千里之外、地处秦国的韩城百姓能自发纪念，并沿袭成俗吗？

一种民俗的形成，由诸多因素所决定。它既与当地的自然环境、物产及人们的文化、信仰有关，又要经过长期的历史沉淀，为大多数人所认可，所履行，绝非一人一事所能决定。而一旦形成之后，它又有其独立性和顽固性，很难因时间的推移或朝代的更迭而改变。端午节为其一例，春节、清明节、中秋节更是如此。但我们国家幅员辽阔，风俗各异。在传统节日的过法上，既有共同之处，也有相异之处，各有特色。只有万紫千红，才能构成五彩缤纷的世界。

三

附录

附录一　诗

（一）旧体诗十八首（以写作时间为序）

题松鹤图

（1963 年 9 月）

天赋仙姿不染尘，竹林松涧乃栖身。
低头细语溪中水，仰首长吟天外云。

寄马萧萧先生

（1986 年 5 月）

千里寄书未曾识①，相逢龙门乐何之②！
匆匆留影惜别去，遥望京都长相思。

注：

①余供职于《韩城市志》编委会，分纂《民俗志》，苦无参考资料，遂于去年冬致函素不相识的中国民研会总编马萧萧。马老不仅刻复赐教，还寄民俗学著作三册（尚未付梓，是马老亲笔校点的清样），令人感动。

②是年五月上旬，马老随杜鹏程等作家莅韩讲学，下车后，即向李录勋老师询余（李时任韩城副市长，主管文化等工作）。李即找我见马老，相叙甚欢，并合影留念。

题荷花图

（1993年9月）

亭亭一身立水中，洁然不与众花同。
不向人前献妩媚，只求恬淡度此生。

咏师彦公

（2001年8月10日）

井溢多名士，首推师彦公①。
治水任辛劳，淮河久安宁。
天子亲褒奖②，百姓称龙王③。
致仕归乡里，建树亦辉煌。
龙门铸铁柱④，西庄建学堂⑤。
文庙捐巨资⑥，散粟赈饥荒⑦。
他人传子弟，金银与田房。
彦公教儿孙，重义行善良。
承祖秉父训，商洛芳名扬⑧。
功业载邑乘⑨，淳风沐良庄⑩。
古人能如此，今人当更强。

注：

①师彦公，清代乾隆井溢村人。历任常州府通判、徐州府丰砀通判、铜沛同知。后调外河同知，擢淮徐道，升转淮扬道。善治水，在任期间，千里河堤，数年无恙。

②乾隆四十九年（1784），清帝南巡，途中召见彦公，赐食、丰貂彩缎。

③彦公因善治水，被百姓称为“镇河龙王”。

④彦公继邑人刘荫枢之后，于龙门古渡悬崖补设铁柱、铁环，以利舟楫逆水上行。（刘荫枢，本市潭马村人，清康熙年间曾任贵州巡抚，多善政。其于乡里建设多有贡献，倡修毓秀桥、古城街道、柿谷坡，于龙门古渡峭壁设置铁柱、铁环等，至今为韩城人所称赞。）

⑤彦公曾于乾隆末年在西庄创立“古柏书院”，北原学子读书称便。

⑥清嘉庆十二年（1807），彦公给县文庙明伦堂捐银五千两，令置房产、田地取租，以助地方举贡生童应试卷价及路费之资，明伦堂立碑以记。

⑦乾隆四十三年（1778），韩城大旱，彦公出粟500石，赈济灾民。

⑧彦公长子承祖，任江苏高邮知州时，回乡省亲，路经商洛，曾出资救济当地灾民。当地百姓感其恩，于灾后在井溢村立牌坊一座，额书“义周商洛”。

⑨邑乘，即《韩城县志》。

⑩井溢村昔日称“古良庄”。

重修厚甫亭有感

（2002年9月）

1944年，韩城中学（今象山中学前身）应届毕业生为表彰老校长樊厚甫献身桑梓教育的崇高精神，自行集资，于学校西北之高丘建木亭一座，名曰“厚甫亭”，并植柏数株。先生高足、曾任陕西省教育厅长的邑名士王捷三又为亭撰联。从此，厚甫亭即成为韩邑之著名人文景观。因年久失修，不幸于数十年前坍塌，老少学子为之惋惜，乡贤刘纲民、师哲等皆有重修之议。2002年夏，终由象山中学将其修复。其功可再载邑志，其亭将永昭后人。

为纪恩师德，高丘树草亭①。
巍巍数十载，韩原留盛名。
经年风雨摧，丘荒亭圮倾。
登临多惆怅，抚柏思绪萦②。
欣闻亭复立，草木焕新容。
斯人当笑慰，后学有仪型。

注：

①王捷三先生的联语云："礼乐三千士，乾坤一草亭。"

②当年亭虽倾塌，然丘上几棵古柏尚存。

卖菜者

（2002年10月）

口中叫卖手推车，走街串巷谋生涯。
晨雾蒙蒙即上路，暮色苍苍始还家。
三伏汗浸胸和背，数九霜染眉与发。
几人怜其奔波苦，锱铢相争细磨牙。

悼党老

党（丕经）老仙逝七日归窆志哀，2003年3月14日。

文章满腹不自矜，心如潭水语似春。
我欲门前再立雪，何时睡醒长眠人？

注：党丕经，韩城知名文化学者，在诗词、对联及地方文化研究方面造诣颇深。

庆祝韩城撤县设市二十周年

（2004 年 8 月）

溥彼韩城源流长①，文史之乡芳名扬②。
撤县设市辞旧制，改革开放举新纲。
川原山水呈异彩，农工商学写华章。
四十万人齐奋进，二十年后更辉煌③。

注：

①《诗经·韩奕》有“溥彼韩城，燕师所完”之句，韩城县名即由此得。

②韩城因历史悠久，文化积淀丰厚而被誉为“文史之乡”。

③“二十年后”取歌词“再过二十年，我们来相会”之意。

赞李录勋老师

2004 年 7 月 1 日，李录勋老师仙逝，悲痛之余，赋诗一首，以志哀思。

自喻老牛勤耕耘①，胸自开阔情自真。
半生执教育桃李，十年从政为庶民②。
九州周游阅沧海③，斗室伏案写秋春。
回首此生应笑慰，煌煌仪型启后昆。

注：

①李录勋老师在其著作《风雨人生路》中曾云：“老牛明知夕阳短，不用扬鞭自奋蹄。”

②李录勋老师自 1980 年 12 月至 1993 年 3 月，先后任韩城（县）市副（县）市长、市人大常委会副主任，共 12 年，诗中“十年”之说为其概数。

③李录勋老师一生喜旅游，全国除西藏自治区、台湾地区外，皆留下老师足迹。

花椒仙子

（2005年8月30日）

名椒自古出韩城，香飘江淮味郁浓[①]。
仙子采撷留倩影[②]，化作漫山玛瑙红。

注：

①清康熙年间编纂的《韩城县续志》载，韩城大红袍花椒“迤逦山川，远销江淮”。

②韩城市花椒局曾在新城区坡底村北建大红袍花椒生态示范园，并立汉白玉少女雕像一尊，名曰“花椒仙子”，此诗即为其雕像而作。

奉冯学忠老师

（2010年6月3日）

2010年6月7日，是冯学忠老师八秩寿诞，老师嘱我赋诗以庆，我遵命撰书装裱，挂于庆寿大厅。

五十年后忆当年[①]，师生情谊浮眼前。
灯下论诗觅佳句[②]，课外谈心抒挚言。
同采山石建校舍[③]，共挖野菜度时艰[④]。
岁月悠悠人不老，联袂笔耕写新篇[⑤]。

注：

①冯老师是我高中二年级时的班主任兼语文老师，当时为1961年，距今已50年矣。

②冯老师喜写作，当年曾于晚自习结束后约我和解继先到他办公

室兼宿舍研读修改他写的诗稿。

③上高中时我级共8个班，甲、乙、丙、丁班是男女混合班，戊、己、庚、辛班为男生班。我在庚班。当时学校规定每班每周劳动一次，一次半天。我们男生班的任务是上象山采运青石，去煤窑担煤，装窑烧石灰，为建学校大礼堂准备建筑材料。

④当时正是国家三年经济困难时期，粮食供应困难，学校发动全体师生下黄河滩挖苦菪菜，以补口粮之不足。

⑤ 2004年至2009年，冯学忠老师同我均承担了韩城系列文化丛书《毓秀龙门》的编写工作。他编注韩城诗词楹联，我编写韩城民俗及民间传说。

为某友人茶室赋诗

（2013年2月）

落座三五人，品茗亦聊天。
茶味随心悟，天道秘且玄。

咏　竹

（2023年4月）

人生当如竹，时时节自身。
挺拔立天地，处处蕴虚心。

咏　石

（2013年6月）

河边有顽石，驳驳复斑斑。

风吹不动摇，水击亦泰然。

任尔沧桑变，胸中无波澜。
日出又日落，默默度流年。

赠春梅

（2013 年 8 月 10 日）

一别悠悠五十载，历尽沧桑已白头。
赠书只为践一诺，莫问冬夏与春秋。

注：高春梅与我系象山中学高秋 1962 级理工甲班同学。当年高考结束分手时，她曾说希望我将来当个作家。我说我如果当了作家，你将是我的第一个读者。50 多年过去了，我没当作家，但经过 30 多年的积累，终于写出了一本《韩城民俗》。因为她远在山西太原，又互不通音信，所以她未能成为本书的第一个读者。但为了兑现当年的诺言，我还是通过友人寄她一册，并在扉页上题了上述诗句。

致同玉龙及诸同仁

2016 年 3 月 18 日，我曾供职的泰山地产销售部同玉龙在微信朋友圈发了前几年员工旅游时的照片，看后颇有感触，遂复以下诗句。

玉照留倩影，青春又烂漫。
岁月匆匆过，不觉已经年。

聚首又分手，额上皱纹添。
回首忆往事，感慨有万千。

遇冰雹感怀

2016年6月4日下午，冰雹来袭。据报道，为韩城有气象资料记录以来的首次大冰雹。雹大如核桃、枣，且三次反复。6月5日下午，又是狂风暴雨，风力达9级，雨量25毫米，窗外风雨大作，窗内我心不安，于是吟句以抒感慨。

正值收麦天，冰雹狂风连。
我心如刀绞，农夫情何堪！

答谢诗二首

2020年7月25日，梁带村两周古墓博物馆讲解员庞川粟后学（山西太谷人）发来其父赠诗一首，8月2日，我回赠诗以谢。

庞先生原诗：

民俗专家郭德源先生赞

学养功成家国情，拳拳一片赤子心。
平生致力文化史，韩原翘楚大写人。

我回赠诗：

步庞先生诗原韵答谢庞先生

（一）

遥遥千里未识君，顷读赠诗感慨深。
秦人书写秦地事，晋地居然遇知音。

（二）

专注民俗几十春，撰成文字贻后人。
功名利禄身外事，传承文化尽我心。

（二）新体诗一首

谒司马迁祠墓有感

1985 年 12 月 1 日至 3 日，司马迁学会首届年会在韩召开。会余，随诸学者拜谒司马迁祠墓。瞻仰遗迹，不胜感慨，遂作俚歌一首，以抒情怀。

大河南奔，
浪淘尽
多少志士仁人！
而你这巍巍祠墓啊，
却永远屹立在大河之滨。

人们把你仰慕，
是因为
你有执着的追求，
何惧蚕室酷刑！
人们把你拜谒，
是因为
你用心血著成巨碑，
成为中国的史圣。
你著成了信史，
自己却消失得无影无踪。
哪本典籍记录了你的生卒年月，
哪块土地留下了你长眠的荒冢？

是你不愿留下踪迹，
还是有人将你的封土平荡？
是你去得静静悄悄、凄凄惨惨，
还是你投河而去，魂游四方？

历史一度将你扭曲，
也有人将你诽谤。
然而总有有识之士，
为你树碑立祠。
才使你魂归故里，
长卧高岗。

由此我想起了屈原，
他的一生也多历坎坷。
济世之才无处施展，
拳拳之心竟无处报国！
他将金子般的诗篇留给了人民，
自己却纵身投入汨罗！

为什么身后流芳百世，
生前却被尘世冷落？
为什么一代贤哲，
总要历经种种折磨？
这是历史的必然，
还是命运的巧合？

至今尚无人作出解答，
一切还得思索、思索……
留在这座座碑碣上的，
是同情和叹息，
是景仰与赞歌。

风雨雷电已经消失，
神州迎来了明媚的春天。
祖国在开拓中前进，
人民已扬起风帆。
愿有识者，
把人的价值认真估量；
愿我的祖国，
不再将历史的悲剧重演！

1985 年 12 月初稿，1986 年 5 月定稿。

（三）快板

赞《韩城新闻》

打竹板，走上台，
把咱要说的话儿表出来。
今天是咱记者节，
咱就把咱记者的事儿说一说。
每天打开电视机，
定要看，国内外都有啥消息。
每天翻开各种报，
定要看，哪条信息最重要。
咱先不说中省地，
咱先把咱新闻部的事儿议一议。
（模仿新闻播音员的声音）“现在播送韩城新闻。”
韩城新闻就是新，
它和咱，韩城父老心连心。
韩城新闻就是好，
东西南北中，工农兵学商都报道。
韩城新闻就是快，
当天的事情，当天就能播出来。
韩城新闻有热线，
为咱百姓排忧又解难。
今年是建市二十年，
咱们的宣传工作走在前。

二十年的大事编了三十篇，
韩城的巨大变化记上边。
工业煤铁电，
农业“大红袍”。
古城保护留古韵，
新城建设展新貌。
韩城新闻人夸赞，
这中间，有咱记者的血和汗。
不管酷热太阳晒，
记者采访跑在外。
不管隆冬和严寒，
为采新闻跑川原。
机房闷热又蚊咬，
加班加点来编稿。
编完稿子舒口气，
还操心，今天的新闻编得满意不满意。
好记者，×××，
吃苦耐劳是先锋。
现场采访被烧伤，
口无怨言志坚强。
新闻部出了个好同志，
大家脸上都有光。
树榜样，学榜样，
人人浑身有力量。
编好韩城好新闻，

为兴韩富民铸辉煌，铸辉煌！

2004 年 11 月

注：

2004 年 10 月，为了庆祝即将来临的第五个记者节，韩城市电视台要求内部各部门积极准备文艺节目。新闻部负责人请我帮忙，我便撰写了以上快板并协助排练，演出后获得好评。

快板中×××系某记者姓名，为保护个人隐私，在收入本集时，以×××标记。

附录二　对联

春　联

2010年12月，渭南市电视台拟筹办一台迎春晚会，要求各县（市）提供一副富有当地农业特色的对联，当月24日，受市文联主席之托，拟联如下：

禹门春涌，春来岭上椒林绿

梁山秋腾，秋至田中玛瑙红

注：

①玛瑙，喻红透了的大红袍花椒。

②此联经薛宝丰等几位专家修改。

2016年韩城市全国新春征联大赛应征作品。（此联获大赛优秀奖）

九域风和，神州大地呈千瑞

三春雨润，史圣之乡绽百花

婚　联

2013年5月24日，市文联主席嘱撰婚联一副，要求嵌入新郎杨林、新娘李燕之名。

红李枝头鸣紫燕

绿杨林下舞青鸾

2015年9月18日，为薛某爱子撰完婚联：

单元门

垂髫共戏莲池水

合卺同栖世纪城

注：

①新郎、新娘同为金城莲池村人。

②新郎现居新城世纪城住宅小区。

进户门

欣驰六辔迎淑女

喜看双龙舞昊天

注：

①六辔，古时四马驾一车，每匹马两条缰绳，共八条，因旁边两马靠内的一条缰绳系在车厢前用来当扶手的横木上，故驾车人手握六条缰绳，后世便以“六辔”作为马车的代称（辔即缰绳）。

②双龙，新郎、新娘同岁，均属龙。

2017年10月5日（农历八月十六），余长孙结婚，为其拟联云：

今日堂上栖双马

他年庭前树三槐

注：

①长孙与其妻同龄，属马，又同班毕业于西安某大学。

②三槐：相传周代宫廷外种有三棵槐树，三公朝天子时，面向三槐而立，后以三槐喻三公。宋王祐曾手植三槐于庭，曰：“吾子孙必有为三公者。”后其子王旦果然入相。后人遂以“三槐”喻有所作为。

2021年5月31日为梁某爱子结婚撰联：

栽桂种玉须思远

钟灵毓秀期梦瑶

注：新郎名思远，新娘名梦瑶。

贺生子联

2016年10月25日，为段某孙女弥月之喜撰联：

羊年桃月偕彩凤

猴岁桂宫降娇娥

注：

①段某儿子2015年（农历乙未羊年）农历三月结婚，三月又称桃月。

②段某孙女生于2016年（农历丙申猴年）农历八月，八月又称桂月。桂宫有二义：一指月中桂宫，即嫦娥住处；二指农历八月。

寿　联

1999年10月1日，是中华人民共和国成立50周年国庆日，又为传统的重阳节前一日，某村一70岁老人此日庆寿，托人请我拟寿联，联语要求缀入以上内容。我拟联如下：

国庆五十逢九九

寿贺古稀届重阳

庆贺联

2013年6月28日，为《韩城日报》七·一正式创刊撰贺联：

日报韩城新景象

时宣中央好声音

2013 年 9 月 26 日，市交通局负责修建的龙门公路隧道开通剪彩联：

雄心创伟业，敢凿峻岭圆民梦

壮志兴韩城，再辟崎岖建坦途

2013 年 12 月 24 日，市作协拟创办《澽水》杂志，闻讯后为其撰联以贺。

汲来澽水泽文苑

育出繁花缀韩原

商铺公司联

1999 年，为某金桥信息中心开业撰联：

商海茫茫，何处可达彼岸

金桥荡荡，此地能指迷津

2003 年 9 月，韩城市城建局拟为重修后的金城大街商铺和主要巷口增挂一批板刻对联，约我组织人员撰写。我拟两副如下：

为学巷口之北商店撰联：

店倚学巷通大道

门对行宫有仁风

注：该商店对门是著名的文物景点“闯王行宫”。

为北城门东城墙遗址蔬果公司门市部(现为小超市)撰联:

架陈千样货

门进百斛银

2007 年 4 月 20 日，为李某开设的饺子馆雅间“枣树苑”撰联:

红枣添乡韵

雅间蕴异香

2010 年 12 月 5 日，为顺昌茶道苑撰联:

顺道者昌，宜修身养性

吃茶者智，可明目清心

2016 年 6 月 19 日,为古城隍庙古街“司马酒馆”撰大门联:

金樽满斟史圣酒

银豆独盛十三花

注:此酒馆主要是营销自己生产的“史圣”牌白酒和韩城名吃“十三花”。

2017 年 2 月 25 日，为莲池大市场农贸大厅撰联:

倚金城胜地，迎四方游客

临澽水清流，聚八面来财

2017 年 6 月 15 日,为蔡某经营的古城北营庙街面房撰联:

物华天宝，韩原景色争秀

人杰地灵，古邑风情竞馨

2018年8月31日，为王某在古城开设的“白白馍行”新店撰联：

熙熙古街风情雅

白白花馍故事多

古城巷道联

2003年9月13日为金城吴家巷口撰联：

延陵望族衍千载

传世名药济万民

注：

①吴家巷一户人家门额题词“延陵旧家”，表明他们是春秋时吴国延陵季子季札的后裔。

②该巷吴氏曾数代为名医，吴氏研制的“砂药”专治小儿消化不良症，为祖传名药，一直对前来索药者不收分文，体现出“医为仁术”的可贵精神。

2017年3月8日，为金城程家巷口撰联：

族聚古城续先脉

代出名士光韩原

注：下联第五字用“光”，成连三平，有违联律；若用“耀”字，又与上联第五字“续”失替，亦欠妥。一时再想不到合适的字，只好贻笑大方。

2003年，为文庙明伦堂撰联：

读四书以明伦理

习六艺而报国家

牌坊联

2001年3月17日，为高旭阳出资修建的东高门村牌坊题联：

村倚巍岫储灵气

人被圣泽谱新篇

注：

①东高门村西有巍山，“高门巍岫”为昔日韩城八景之一。

②东高门村西南有司马迁祖茔，为韩城市重点文物保护单位。

2005年4月14日，与薛宝丰、冯新忍二先生为新城状元街东、西牌坊撰联：

东牌坊

商厦栉比涌金浪

俊才荟萃争状元

西牌坊

改革赢得城乡富

和谐换来尧舜天

2009年4月1日为薛峰乡澽峰村牌坊撰联：

鸢飞牛沟恋秀水

马跃田山啸澽峰

注：

①澽峰村由牛槽沟、沟西、鹞子、马山、田山五个自然村组成，联中嵌入了五个自然村的村名。

②鸢：即鹰，民间亦称鹞子。

2012年3月20日，为司马迁祠墓“高山仰止”牌坊撰联，此联当时被“风追司马·史记韩城”景区管委会评为优秀作品。

巍巍圣祠说太史

莽莽韩奕纪春秋

注：

①上联中的“太史”指司马迁，司马迁曾任太史令。

②牌坊前通往南原的古道，旧称“韩奕坡”或“韩奕古道”。

2013年9月，陕文投拟在新城黄河大街南端与澽阳路坡顶交汇处修一大型石牌坊，嘱我撰联如下：

北眺新城，华街碧苑接凤岭

南瞻古邑，绿水青山抱澽川

注：

①凤岭，龙门山南有一峰称“凤凰岭”，简称“凤岭”。此联意指新城建设规模之大。自新城区黄河大街南端往北，穿轻工业园区、西昝工业园区、直抵龙门工业园区。

②澽川，即澽水川道，当地人称“二十里川”，为韩城最大的一条川道。其西倚梁山，东绕澽水，南有秦汉时少梁、夏阳城故址，北有隋唐修筑的韩城古城，是韩城重点建设的旅游风景区。

③此牌坊后来未建。

2014年4月21日，为张某在柏峪川兴建的神道岭休闲中心撰大门联：

山清水秀，此处不异蓬莱地

鸟语花香，往来皆是逍遥人

2016年6月19日，为陕文投在古城隍庙巷东营庙之西所建隍庙古街门楼撰联：

地邻三庙，圣贤道德泽古巷

商聚百家，楼厦鳞栉展淳风

注：在书写刻制板联时，陕文投将“商聚百家”改为“客来八方”。不太好，一是上下联词义不对仗，其二是平仄失替。但人家要突出其商业气息，改了也就改了，客随主便。

2018年9月22日，为古城西街口牌坊撰联：

东接衢市，四季堆金聚宝地

西踞县衙，千年抚政安民区

注：该对联下款署名“高子邑”系“郭”字的拆字，为笔者的化名。

2018年9月22日，为古城书院街东口牌坊撰联：

文风浸盛，龙门书院钟杰士

宝地通灵，宰相祠堂奉御笔

注：下联尾字应为平声，但“笔”为仄声，欠妥，可将“御笔”改为“天章”，但词意不变。

博物馆联

2018年9月18日，为古城状元府博物馆撰大门联：

万字院，将军楼，仍现昔日模样

状元府，葆淳阁，却藏古今珍稀

注：状元府系明万历年间邑人解经邦所建的“万字院”，因解经邦曾任兵部侍郎，故院北看家楼人称将军楼。清嘉庆年间，邑人状元

王杰辞官归里，因在家乡未置田产，此时解家已经衰落，故将其万字院当来居住。王杰殁后，其后裔将其“死业”，今人便称其为“状元府”。“葆淳阁”系王杰书斋号，王杰有《葆淳阁集》传世。

桥　联

2016 年 12 月 17 日，应市住建局领导之嘱，为市烈士陵园东路石桥拟联：

一桥系新老

两邑说古今

横额：大观在上

注：“新老”指新城与老城。

随后住建局要求将联语改为七字：

一桥矗立连新老

两邑腾飞话古今

亭　联

2013 年 9 月，为古城隍庙巷东端公园“义亭”撰联：

义行镌四壁

浩气聚一亭

荧屏联

2014 年 1 月 22 日，为古城民俗博物馆多媒体显示屏撰联：

人在屏中说故事

物于世间展风情

挽　联

2004 年 7 月 1 日，恩师李录勋先生病逝，特撰此联以寄哀思。

道德不随人归去

文章长寄阅世情

注：先生在象山中学任历史教师多年，为人赤诚，教学有方；晚年曾任韩城副市长、市人大副主任，从政兢兢业业。先生博闻强记，一生坚持以日记记述所见所闻，晚年出版有《风雨人生路》和《耕耘集》。

2019 年 4 月 4 日，王长民先生逝世，4 月 10 日举行葬仪，我撰此联，以示哀悼。

情系故土，《龙门映象》凝心血

志向云天，“星光大道”留芳名

注：

①王长民先生是敢为人先的韩城文化界人士，曾任地处西安的振兴韩城经济促进会秘书长，并兼任促进会杂志《龙门映象》主编。

②经王长民先生牵线，曾为央视 3 套“星光大道”栏目推荐了韩城籍歌手，他本人并荣任评委。